集英社オレンジ文庫

掌侍（ないしのじょう）・大江荇子（こうこ）の宮中事件簿　弐

小田菜摘

本書は書き下ろしです。

CONTENTS

イラスト／ペキォ

掌侍・大江荇子の宮中事件簿
ないしのじょう おおえこうこの きゅうちゅうじけんぼ
弐

1章

招かざる客

皐月下旬。

かねてより体調を悪くしていた中宮が、実家でもある四条の里内裏に下がった。重要な儀式にすら参加できない昨今の状態を鑑みれば、こうなることは時間の問題だったが、好機到来とばかりに左大臣が奏上を試みて昼御座まで押しかけてきた。

「中宮があのように不覚の状態では、国務を執り行うこともできません。昨年からずっと国家の神事は滞ったまま。この状況を百官達は心より案じております」

憂愁の色をにじませつつ切々と訴える左大臣は、これまで中宮の不全を声高に非難していただけの彼の腰巾着達とは、さすがに貫禄がちがっている。道理を説く声音も、その所作もすべて四十三歳の男盛りにふさわしい。

普通の感覚なら、とうていむげにはできない相手である。だというのに——。

きっちりと下ろした御簾の内側で、二藍の御引直衣をつけた帝は口許に手をあてがいゆっくりと欠伸をした。もちろん左大臣は気付いていない。昼御座と孫廂の間に御簾があるのは、こういうときは本当にありがたい。

(ばれませんように……)

繧繝縁の厚畳を並べた平敷御座の後ろで、掌侍・大江荇子は祈るように思った。

内裏女房として仕えて八年目の二十一歳。学者の娘らしく能筆家として名高い内侍(掌侍の通称）がまとう衣は、擬宝珠の花を思わせる薄色（薄紫）の唐衣。袖口からは半色（薄色よりやや濃い紫。紫の半分の色味）の表着をのぞかせている。

帝は欠伸を終えると、つまらなそうな顔で手を下ろした。御簾があるから口許を隠す必要などなさそうだが、あんがい左大臣ではなく荇子への礼儀だったのかもしれない。相手の身分に関係なく、高貴な方が他人に大欠伸をさらして平気とも思えない。

「主上？」

奇妙な間を不思議に思ったのだろう。怪訝な声で呼びかける左大臣に、荇子は素知らぬふりをした。言えるわけがない。大欠伸をしていましたよ、などと。

「聞いている」

素っ気なく帝は返した。それを左大臣がどう感じたのかは分からぬが、今上の感情を込めぬ物言いはいつものことであった。

「失礼を――」

左大臣は一度引くふりを見せ、あらためて尋ねる。

「してこの件にかんして、主上はいかようにお考えでしょうか？」

「確かに憂うべきことではあるな」

「ご同意いただき、光栄でございます」

ここでうきうきと、ならば一刻も早く新しい中宮を立てよ、などと詰めよるほど左大臣も迂闊ではない。いかに自分の娘の立后を目論んでいたとしても、新しい中宮を立てるという言葉がなにを意味するかぐらいは分かっているはずだ。

女御、更衣は数多候ふとも、正妻たる中宮位はただ一つのもの。そこに新たな者を押し込もうというのなら、とうぜんかねてよりいた者が弾きだされてしまう。それが意味することはすなわち――。

「さりとて」

帝は切り出した。

「新たに中宮を立てるとしたら、いまの中宮はいかがいたす?」

いきなり核心に切りこんだとは思えぬ軽い口ぶりは、まるで明日の天気でも訊くかのようだった。人一人の運命、いや今後の政局を左右しかねない重大事項だという緊張感は微塵もない。

なにを白々しいと、荇子は心中で吐露した。

(いかがもなにも、新しく立后をするのなら、いまの中宮様には退いてもらうしかないじゃない)

つまり、廃后である。

さすがの左大臣も返答に窮している。確かにそんな過激な言葉は言いにくかろう。ましてその後釜に、なんとしても自分の娘・弘徽殿女御を擁立しろなどと、少々の恥を知っているものなら口にできるはずがない。そんなことが知られれば、世間の反発は必至である。

「過去にさような前例はあるのか？」

「……その」

帝の追及に、左大臣は口ごもる。あるわけがない。神話の時代までさかのぼっても、廃后などの苛烈な措置は謀反人にのみ下されたぐらいである。しかしないとはっきりと言ってしまえば、前例主義の朝廷で承認を得ることは難しい。

帝は小馬鹿にするように鼻を鳴らした。左大臣は気付いていないだろう。本当に御簾という物は、こういうときにありがたい。

もちろん左大臣も、いつまでも黙っているわけではなかった。

「ございませぬ。いかんせん中宮がかように不覚の状態になりますなど、前代未聞のことでございますから」

ゆえに前例を踏襲することはできない。そして前代未聞の事態には、思いきった判断が必要だ——そう帝を促しているのだ。

しかし三人の妃の誰一人にも思い入れがない帝にとって、中宮を誰に据えるかなど心底どうでもよいことにちがいない。だからこそ本当に娘の立后を望むのなら、左大臣の口からはっきりと〝廃后せよ〟と言わなければならない。そこまで悪役になる覚悟が、はたして左大臣にあるものなのか。

「なければいかなる手段があるか、皆で検討いたせ。百官が望むのなら、文殊の知恵も出よう」

帝の発言に、荇子は意表をつかれる。

斜め後ろから見る帝の横顔は、思ったよりも真剣だった。欠伸などしておきながら、これはあながち聞き流していたわけでもなかったのかもしれない。百官は間違いなく皮肉だろうが、いまの発言には廃后の手段を模索するようにとの示唆がうかがえた。

とうぜんだ。

淡々としたふるまいでうっかり失念していたが、このまま中宮を在位させることが帝にとって本意であるはずがない。

不貞を働いたうえに不義の子まで生した妻など、守ろうと思えるはずがない。いくら愛情のない夫婦とはいえ、夫としては八つ裂きにしてやりたいと考えても不思議ではなかった。

思いがけない帝の要求に、左大臣は一瞬言葉を失う。だがすぐに己の目的を思いだしたとみえ、弾んだ声をあげる。

「承知いたしました。その旨、陣定にて協議いたします」

左大臣からすれば自分がかぶらねばならぬのかと思っていた泥を、帝がかぶってくれる形になった。安堵と同時にお墨付きをもらった気持ちにもなったのだろう。帝が中宮の廃后を望んでいる。これは娘・弘徽殿女御の立后を、大いに後押しするにちがいない。

「では、さっそく――」

「まあ、そう焦るな」

もはや腰を浮かしかけている左大臣を、帝は軽い口調で引き留めた。

「その案件を進めるためにも、私にひとつ提案がある」

つまり廃后のための方策である。溺れる者に石をぶつけるかのようなやり口を荇子は不審に思った。不貞を働かれた者として、帝が中宮を虐げることはしかたがない。けれどその根底にあったものが、実は人としての思いやりだと悟ったから、あのときの荇子は救われた気持ちになっていたのに――。

(そうじゃなかったの?)

あるいは理想化した上での、荇子の思いこみだったのだろうか？　もちろん不貞を働かれた側としてはそれが普通の反応なのだが。

「はて、なんでございましょうか？」

左大臣は、もはや喜色を隠そうともしない。

帝はうっすらと冷えた笑みを浮かべた。御簾のむこうの左大臣は気付いていない。

「中宮大夫を現職から免じ、新しい陸奥守に任じようと思う」

苻子は息を詰めた。中宮大夫とは、中宮職の長官である。その役を免じるというのなら、中宮は大きな支えを失うことになる。廃后のための手始めとして最適の手段だ。

しかし左大臣にとっては、意外な提案だったようだ。

「陸奥守にですか？」

「不服か？」

「さ、さようなつもりでは……」

左大臣はあわてて否定する。

「現陸奥守の罷免は致し方なきことを存じております。さりなれど源大夫は従四位。陸奥守は従五位。いささか釣り合いに欠けや致しませぬか？」

源大夫とは、いまの中宮大夫のことである。源有任という二十七歳の青年で、不遇の境遇にある中宮をここまで真摯に支えてきた。その誠実さと有能さは誰もが認める好人物だ。廃后を目論む左大臣も、有任を排除しようとまでは考えていなかっただろう。娘の立后のためにそんな人事を強行すれば、人々はいっせいに有任に同情を寄せる。相対的に左大臣が非難を受ける事態になりかねない。

　左大臣は臣下の第一位の者ではあるが、並ぶ者のない絶対的な権威者ではない。こんなことで人から誹りを受けるなど本意ではないはずだ。

　高齢の右大臣は別として、他の公卿達は虎視眈々とその地位を狙っている。三十五歳と若い内大臣は切れ者と評判だ。麗景殿女御の父・一の大納言（大納言の首席に対する呼び方）に、十五歳の娘の入内を目論む権大納言もいる。

　左大臣の地位はまだ盤石ではない。いかなる要職にあろうと、入内させた娘が皇子を産んでその子が帝とならないかぎり、この国での地位は無双にならない。

　対照的に帝はまったくひるまなかった。

「そなたも存じておろう。陸奥国の目代（国司が自分の代わりに現地に派遣する私的な役人）が、あまりの苛政ぶりに百姓（貴族と賤民以外の民）から集団訴訟を受けたことを」

「……存じております。きゃつを派遣した陸奥守も、おのれの管理不届きを心底悔いております」

「目代には帰国命令を出し、陸奥守の罷免はすでに決まっている。その後任として、源大夫のように誠実で優秀な人材は最適であろう」

確かにそれは有任に対する世間の評価だが、帝がどういう心境でそれを口にしているのか苻子は理解できなかった。

なにしろその誠実で優秀な有任こそが、中宮の不貞の相手なのだから。

帝はすべて承知している。昨年、生まれてすぐに身罷ったとされた若宮が、実は有任との子供で、ひそかに彼の手によって育てられているということも。それを考えると有任は遠流にされても不思議ではない罪を犯している。陸奥守というのは、むしろ随分と穏便な処分でさえあるのだ。

しかし左大臣は、そんな事情など知らない。

「されどいくらなんでも、従四位の者を陸奥守になど……」

「案ずるな。源大夫はすでに承知している」

そこで帝はひょいと首を回し、後ろを見た。それまであれこれ思案していた苻子は、まるで叩かれたように背筋を伸ばす。どぎまぎして胸元を押さえる姿をからかうような目で一瞥すると、帝はふたたび視線を戻した。

「目代の所為で失った中央への信頼を取り戻すべく、現地に赴いて尽力すると申した」

「なんと。源大夫を現地に赴任させると仰せですか！」

左大臣はさらなる驚きの声をあげる。とうぜんだ。いまの陸奥守がそうであるように、昨今の国守（国司の長官）は、自身は現地に行かずに次官である介や私的な部下である目代を派遣する遥任がほとんどなのだから。

しかし内情を知っている荇子からすれば、これは納得の人事でしかない。本来であれば遠流でもおかしくない不貞を秘密裏に納めると決めた以上、あからさまに罰することなどできない。

（なるほど、そういうことね）

人に悟られぬよう、中宮と有任に処分を下す手段だ。

廃后を求めるだけなら、中宮の不貞を明らかにすれば簡単なのかもしれない。しかしそんなことをすれば、追及が帝にも及ぶ危険性がある。

中宮と有任と同じように、実は帝も秘密を抱えている。

それは、けして知られてはならぬことだった。

帝が清浄を保つべき内裏でわが子・女一の宮を看取り、死という最大の穢れを生じさせたこと――。

帝の不敬と、中宮の不貞。

重大なこの二つの秘事を、片方ずつ知っている者は幾人かいる。しかし双方に通じている者は、帝と荇子のみである。

自分が抱え込んだ事の大層さに、あらためて胸がきゅっとしめつけられる。荇子は気持ちを落ちつかせるようにふうっと息を吐きだす。すると帝がふたたび首を回し、まるで悪戯を企む少年のような表情でほくそ笑んだ。

午後の内侍所は、その人事の話題で持ち切りだった。

内侍所とは文字通り内侍司の詰所で、温明殿に置かれている。

「ねえ、聞いた。源大夫の話」

「聞いたわ。東国下りだなんて、おいたわしい」

「まだ決定ではないわ。さすがに月卿（公卿）、雲客（殿上人）の方々も、こぞって反対なされているそうだから」

「左の大臣まで反対なさるというのだから、相当よね」

「確かに。個人的な好き嫌いは別としても、左大臣からすれば中宮大夫という職掌は扱いにくい存在ではあるものね」

中宮を支える者など、左大臣にとっていなくなってくれるのならそのほうがいい。その彼が反対するほど、この人事は世間的には理不尽なものなのだ。

「主上も、いくら中宮様を疎んじて――」

「ちょっと、止めなさい」

ぽろりとこぼしかけた内侍の一人が他の者に制される。内侍というのは掌侍の通称で、内侍司の第三位にあたる。ちなみに長官が尚侍。次官を典侍と呼ぶ。掌侍が中臈であるのに対し、この二つの官職はどちらも上臈である。

荇子は筆を走らせながら、同僚達のお喋りに関心のないふりを装っていた。

おそらく、いま口を滑らせかけた内侍が言いたかった言葉はこうだ。いくら中宮を疎んじているからといって、彼女の唯一の味方でもある有任を東国に左遷させるなどと理不尽で非情がすぎると。

内情を知らぬ者には、そうとしか映らぬだろう。有任に人望があるから、なおさら同情は高まる。

まったく帝の他人への関心のなさは、ここでも際立っている。

朝臣達はもちろん内裏女房達でさえ、この人事にかんしては非難の色を隠さない。それは同時に帝への非難にもつながる。中宮と有任の不貞を秘するかぎり、そうなることは目に見えていた。だというのに帝は一切躊躇することなく、有任の東国赴任を命じた。

人から悪く言われることを恐れないのは、意志の強さと同時に他人への関心のなさの表れなのだ。

（私には、関係がない）

苻子は雑念を払うように首を揺らした。

そもそもそんなことを考えている暇はない。今日中にこの命婦達の朝参表を整理してしまわなければ、明日からの仕事が回らない。なにしろ今朝になって、分厚い物語の写しを丸投げされてしまったのだから。

呑気におしゃべりに興じている同僚達を見ると、これで同じ禄だなんてやっていられないとも思う。しかも「ご自慢の達筆で」と嫌みったらしく押し付けてきた長橋局の顔を思いだすとなおさら腹が立つ。

ひうふうみいよう、と出勤日を数え、反故紙に数字を記したところで「江内侍」と呼びかけられた。江内侍とは苻子の呼び名である。見るといつの間に近づいてきたのか、同僚の弁内侍が机の上を覗き込んでいる。浅蘇芳の唐衣と黄浅緑の表着という、一見ちょっと大胆な組み合わせが、すらりと背の高い彼女には似合っている。

「出勤簿は明後日までで大丈夫なのでしょう。だったら私が代わろうか？」

などと言いながら、弁内侍はすでに手を差し出して帳面を受け取ろうとしている。歳はひとつ上、しかし経験年数は二年後輩という朋友(ほうゆう)の温かい言葉にすさんでいた心も少し和(やわ)らぐ。

「ありがとう、嬉しいわ」

いったんそう答えておいて、荇子は渋い表情で首を横に振る。

「でもそんなことが知られたら、私だけではなくあなたまで長橋局に嫌みを言われるわ」

「別にあの人から嫌みを吐かれたって、いまさら気にしている者は、内侍司(ここ)には一人もいないわよ」

警戒することもなく、弁内侍は嘯(うそぶ)いた。

この場に全員は出席していないが、掌侍の定員は四名。それに加えて権掌侍が二名の計六名である。長橋局は、その首席に対する呼び名だ。つまり荇子と弁内侍と長橋局は、位だけで言えば同列なのだ。それを考えれば言いなりになる必要はないのだろうが、いかんせん感情的な人なのでひとたび怒らせるとあとが面倒くさい。

「命婦達だってそうよ。真に受けて泣いているのは、下臈(げろう)の中でも特に要領の悪い娘達だけで、あとはせいぜい女嬬(にょうじゅ)達が八つ当たりされるぐらいよ」

「女房よりも女嬬達のほうが気の毒よ。私達以上に逆らえないのだから」

荇子は言った。噂(うわさ)によると長橋局は、感情が極まったときなど身分の低い者を打ち据えるようなこともあるらしい。

「気の毒だけど、かばうとこっちが面倒なことになるしね」

渋い表情で弁内侍が言ったとき、あたりの空気がぴりっとなった。

ひときわ高雅な薫りと衣擦れの音を連れて内侍所に入ってきたのは、見る者を威圧するほどの迫力を持つ佳人だった。

彼女の名は、藤原如子。以前は内府の君と呼ばれていた。

その名が示す通り、先の内大臣の娘である。加えて退出した中宮の従妹でその元女房という複雑な経緯を持つ如子は、つい先日任命されたばかりの内侍司次官・典侍だ。

唐衣は薔薇のかさね。紅の絹に、入子菱の地紋と胡蝶の文様を織り出した二陪織物。裏地として用いた紫の平絹が透けて見えるのが、薔薇の青みを帯びた花弁を表して実に艶やかである。二陪織物は中臈以下には許されぬ禁色なので、如子がこの場における唯一の上臈であることを示していた。

「ごきげんよう」

如子の一言に、内侍達はばらばらと一礼する。皆の緊張が伝わってくる。なにしろ藤壺の内府の君と言えば、その美貌と同じくらい圧倒的な気の強さと毒舌ぶりで有名だったからだ。理路整然とした舌鋒で、文字通り本当に泣かされた藤壺の女房達は数知れずだともっぱらの噂である。そんな女人が自分達の上司になったのだから、緊張するなというほうが無理だ。

「内府典侍様、あちらでこのあとのお話を……」

如子と一緒に入ってきたのは長橋局だ。ここ二、三日間、内侍首席として不慣れな上司に色々と仕事の内容を説明しているのだった。荇子達に絶対に見せない、懇切丁寧なふるまいである。いままで自分の好き放題にやってきたものだから、いくつも若い上司の登場にどんな心持ちでいるものだろうか。

「もうけっこうよ。だいたいは分かったから」

にべもなく言い捨てたあと、如子はぐるりと内侍所を見回す。そうして荇子を目に留めた。隙のない如子の眼差しが一瞬和らいだ。しかしそう感じたのもつかの間、その視線を文机の上にと動かした瞬間に、彼女は柳眉をひそめた。

「江内侍、なにをしているの？」

「はい？」

荇子は間の抜けた声をあげた。

「なにって、仕事です。命婦達の朝参状況の記録は私の担当なのです」

「でもあなたには、写本の作業が任されているはずでしょう。あなたの能筆を見込んで私が指名したのだから間違いないわ」

そういうことだったのか。どうりで長橋局の嫌みが利(き)いていたわけだ。日頃から虫の好かない後輩が、新しく来た上司にさっそく見込まれたのだから。

「こちらが終わったら手をつけます。写本は他人様(ひとさま)に提出するものですから、やることを終わらせてからじっくりと丁寧に向き合いたいのです」

「だったら江内侍の朝参の記録を、他の者に振り分けてちょうだい」

長橋局にむかって、きっぱりと如子は命じた。

荇子以外の内侍達がいっせいにざわつく。特に弁内侍などぎゅっと指を握り、寸前で興奮を抑えるような仕草をしている。

長橋局は不服気に言った。

「ですが朝参の記録は、江内侍の仕事ですから……」

「日常の業務をそのままで写本を彼女一人に任せるのは、仕事の分量からしてあきらかに公平性を欠くでしょう。確かに写し役に江内侍を指名したのは私だけど、技量のある者や真面目(まじめ)な者が、それゆえに負担が多くなるようでは報われません」

おお、と弁内侍が感嘆(かんたん)交じりの声をあげた。長橋局に聞こえたら累(るい)が彼女にも及ばぬかと思ったが、先ほどの言い分からしてこの娘であれば大丈夫だろうと思いなおす。

「よい機会だわ。これをきっかけに他の者にも朝参の仕事を覚えてもらいましょう。でなければ江内侍になにかあったときに回せなくなってしまうでしょう」

筋のある主張をぽんぽんと小気味よく言い放つと、止めとばかりに如子は告げた。

「それにある仕事を一人の人間に任せきりにすることは、不正の温床にもつながるわ。それを避けるためにも、今後は全員でとは言わずとも二人以上で仕事を共有できるようにやり方を組みなおしてちょうだい」

もはや長橋局に反論の余地はなかった。後輩達がひそひそとなにごとかささやく中、彼女はぐっと唇を結んだまま渋々とうなずいた。

「やったね」

弁内侍が耳元でささやくが、満面笑顔で同意するのも調子が悪くて荇子は唇をわずかにほころばせてうなずいて返した。


奏書のような公文書ではないから、内侍所で作業をせずともかまわない。

如子の許可を受けた荇子は、自身の局でせっせと写本を進めていた。一剋まではあと少しというところで、いったん筆を置いた。きりのよいところまで進んだので、休憩をしようと思った。内侍所で長橋局がいると、これだけでもいちいち気を遣う。特に近頃は目をつけられていたので、ちょっと筆を置くだけでも気が気ではなかった。

　他の内侍達はまだ緊張しているが、如子が来てくれたことは荇子にとって幸いだった。もちろんそのつもり半分で、彼女を内裏（だいり）女房として召してくれるように帝を脅したのだけれど。

「荇子」

　聞き覚えのある声がした。

　荇子ははっとして腰を浮かす。内裏には数多（あまた）の者がいるが、本名で呼んでくる相手など一人しかいない。

　右手で御簾（みす）をかき分けると、簀子（すのこ）には五位の緋色（ひいろ）の袍（ほう）を着た青年が立っていた。

　少年の余韻（よいん）を残す、華奢（きゃしゃ）な身体（からだ）となめらかな肌。大きな黒目がちの眼には、荇子の姿が映りこんでいる。

「征礼（まさゆき）」

「よ、いま忙しいか？」

「大丈夫よ。一息ついたところだから」

　言いながら荇子は御簾を引いた。異性をとうぜんのように局に招き入れられるのは、恋人だからではなく十五年来の幼馴染という関係故だ。

征礼も遠慮なく中に入ると、荇子の正面に腰を下ろした。扇をかざすことも、几帳を隔てることもない。公卿の姫君でもあるまいし、諸大夫（四、五位の地下人）の娘などこんなものだ。

「さっそく内府の君が、長橋局を締めたらしいな」

にやにやしながら征礼は言う。

「いまは内府の君ではなく、内府典侍よ」

「あ、そうか」

「おかげでみな胸がすいたわ。まあ、他の娘達はまだ緊張しているけれどね」

「けど、お前が彼女を召すように言ったんだからな」

征礼の指摘に、荇子は白々しく視線をそらす。

帝が犯した不敬——女一の宮の看取りの件を、征礼は知っている。

なぜなら彼こそが、この件を主導した張本人だからだ。

荇子の同じ歳の幼馴染・藤原征礼。少納言兼侍従と身分こそ高くはないが、帝が唯一信頼を置く彼の臣下だった。

ひょんな切っ掛けからこの件を知りえた荇子は、中宮の退出により行き場を失っていた如子を内裏女房として召してくれるよう、征礼を介して帝に要求した。言葉は悪いが要するに強請(ゆす)りである。

「分かっているわよ。責任を持ってうまく取り持つわよ。内府典侍は長橋局みたいに、感情で人に八つ当たりはしない。こちらにやましいところがないかぎり、心配するような相手ではないわ。そのうちみな分かるわよ」

「ずいぶんとかばうな。前はあれだけ敬遠していたくせに」

「人柄が分かってきたのよ」

からかうような征礼の声音(こわね)に、荇子はわざと素っ気なく返す。

これまでと変わらぬくだけたやり取りの中に、薄い絹が一枚挟まっている。それは荇子が征礼を強請ったことにも関係しているのだろう。女一の宮の臨終(りんじゅう)の秘密を摑(つか)まれてしまったことで、どうしたって征礼は荇子に対して緊張感を持たずにはいられない。

なにもかもざっくばらんに話し合っていた幼馴染の関係では、もうなかった。宮中という職場で知りえた秘密は、それぞれが自分のため、主君のため、あるいは大切な者の為に抱えこまざるを得なくなったのだ。

征礼がこの件を荇子に黙していたように、荇子も中宮と有任の件を胸に秘めている。この件が明らかになれば、征礼が犯した禁忌(きんき)も表沙汰(おもてざた)になりかねない。だから荇子は、征礼を守るためにも彼に対して秘密を持ったのだ。

ごく僅かなぎこちなさをどう感じたのか、征礼はさらりと話題を変えた。

「ところで、源大夫の件は聞いたか？」

「もちろんよ。内侍所も台盤所も、昨日はその話題で持ちきりだったわ。源大夫は女房達の憧れの君だったから、なおさらよ」

「え、それは頭中将じゃないのか？」

「あんな白面郎（年若く未熟な男性のこと）に憧れるのは、顔と身分しか見ていない軽々しい娘達だけよ」

けんもほろろに荇子は言い捨てた。

十八歳の公達、頭中将こと藤原直嗣は、左大臣の嫡男で弘徽殿女御の弟だ。

高貴な身分に加え、はちきれんばかりの若さと見目麗しい容姿は御所の女達をとりこにしている。

しかし荇子からすれば、苦労知らずの薄っぺらい公達でしかない。

なにせ帝の信頼を一身に集める征礼に嫉妬して、腹いせで荇子に端午の薬玉を贈ってくるような男なのだから。ちなみにあの豪華な薬玉は、未だ箱に納めたままにしている。あんな派手なものをこれ見よがしに局に吊るしたりしたら、頭中将に秋波を送っている伊予命婦や按察使命婦辺りになんと言われるか分からない。二人は内裏女房の中でも評判の美人で、なにかと華やかな噂が絶えない者達だった。

「白面郎って、きっついな」

苦笑交じりに征礼は言った。この反応から直嗣に対する屈託はなさそうだ。帝の信頼に嫉妬した直嗣が、征礼に嫌がらせなどしていないかと懸念していたが、どうもその心配はなさそうだ。

「にしても、やっぱり今回の措置はみんな非難しているんだな……」

「ということは、殿上の方々も女房達と同じなのね」

苻子の問いに、征礼はたちまち表情を渋くする。

「なにしろ本心では真っ先に賛成しそうな左大臣でさえ、ためらっているぐらいだ。他の公卿達は断固として反対しているよ。特に内大臣など、不当過ぎると真っ向から主上に進言したぐらいだ」

まあ、そうだろう。表向きだけの事情だけ考えれば、どう考えたって理不尽だ。ある程度の倫理感や正義感を持つ者なら反対してとうぜんだ。もっとも内大臣の本音はそれだけではなく、ひとまず中宮の廃后を阻みたいという意図の方が大きいのだろうが。

「当の源大夫は、二つ返事でお引き受けになったらしいが……」

解せないというように征礼は首を捻るが、荇子からしたら納得でしかない。中宮との不貞をその夫である帝に摑まれたまま参内をつづけるぐらいなら、遠国に赴任したほうがどれほどましか。

ただひそかに育てているはずの中宮との子をどうするつもりなのか、それは気になる。陸奥まで連れてゆくつもりなのだろうか？　しかしそんなことをすれば、中宮をふたたびわが子と会えない状況に至らせてしまいかねない。

「確かに陸奥も含めて奥羽の現状は未だ不安定だから、源大夫のように有能で公正な方が采配をしてくださることは、安定につながるとは思うけど」

何気ない征礼の発言は、荇子にとって思いがけないものだった。

ここまで有任の赴任を懲罰的な意味合いだけに捉えていて、正しい意味での人事では考えていなかった。

受領（現地に赴任する国司の中で最上位の者）、あるいは派遣された目代が、現地の百姓達から反発を受けて訴えられた。正直珍しくもない話で、畿内でもしばし起こりうる。

ただし陸奥国での騒動は、他の地よりもやや緊張感をはらんでいた。

というのも、これらの地域は朝廷の支配が及ぶようになってからの歴史がまだ浅く、それゆえ争いの種火がそこかしこで燻っているのだ。胆沢城に鎮守府（蝦夷地経営のための軍政府）が置かれているのも、その状況を表している。

そんな場所に、二度続けて信頼のおけぬ人物を派遣することはできない。さりとて遠く隔たった陸奥に、都育ちの官人が好んで行くはずもない。こうなると有任の不貞は、帝にとってまさに渡りに船だったのかもしれなかった。

「征礼はどう思っているの？　今回の人事は適任だと思う？　それとも源大夫がお気の毒だと思う？」

「——俺の気持ちはどうでもいいよ。主上がそう仰せなら、それに従う」

短い間のあと、征礼は素っ気なく答えた。

しかし苓子の不満げな顔を見て、とりつくろうように付け足した。

「主上のことだ。なにかのお考えがあってのことには違いない。少なくとも左大臣や内大臣よりは、公の立場でものを考えておられるはずだ」

なかなかの酷評だが、的を射ている。

けれど有任に対する同情の言葉がまったく出なかったことには、違和感を覚えた。確かに征礼は帝の忠臣で、この件で帝を非難するような真似はしないだろう。しかしそれと有任をかばうことは別だ。それなりに親しかった関係を考えれば「お気の毒だけど」の一言ぐらい出てもおかしくはない。

ふと荇子は、征礼は中宮と有任の関係を薄々と察したのではと思った。

赤子のことではない。姫宮の件での兼ね合いから、さすがにそのことは気付いていないだろう。しかし帝からこの人事を聞かされたとき、征礼の脳裡にはかねてより目にしていた有任の中宮に対する献身が思い浮かんだのではないだろうか。

そして腑に落ちた。帝の命令も、有任の甘受も。それを受けての、この一歩引いた反応なのではないのか。

あれこれと推測を巡らせる荇子を、征礼は一瞥する。

「源大夫は、もう出立の準備をはじめているそうだ」

目を見張る荇子からわずかに視線をそらし、征礼はやや投げやりに言った。

「帝が命じて、源大夫が了解しているんだ。他に誰がなにを言う必要があるというんだ」

他に誰がなにを言う必要があるというんだ。

征礼はそう話したが、なにか言いたがる人物はどこにでもいる。それが話の通じない相手や、高貴な身分の方であれば非常にやっかいだった。

今回の場合は後者で、皇太后だった。

あさぎよめ（朝の掃除）の只中、朔平門を警備していた近衛舎人から簀子を掃いていた女孺に、そこからたまたま真っ先に出会った苻子に伝えられたのだ。

「主上に拝謁したいと仰せで、門前でお待ちだそうです」

苻子は耳を疑った。先触れもなにもなしに、しかもこんな早朝に。帝相手にそんな非礼な真似を、皇太后ともあろう方がするか？　よもやその名を騙る物の怪ではと一瞬本気で疑った。

もちろん苻子の立場で判断などできないので、清涼殿に足を運ぶ。報せるのなら蔵人頭か、内侍司の首席・如子のどちらかである。

短い逡巡のあと、直嗣の鼻持ちならぬ顔が思い浮かんで苻子は台盤所にむかった。清涼殿における女房達の詰所である。この時間の如子は、帝への朝の奉仕で清涼殿にいるはずだった。

ところが西簀子を進んでいると、間の悪いことに直嗣と鉢合わせてしまった。鬼間から出てきたところから察するに、昨夜の宿直だったのだろう。苻子はいままさに台盤所に入ろうとしていたので、ここで顔を会わせてしまったことは不運としか言いようがない。清涼殿の西廂に設えられた鬼間と台盤所は、横並びの位置にある。

直嗣のほうも意表をつかれたとみえて、目を瞬かせた。

十八歳の公達がまとう装束は、橡の穀紗の袍に、濃き色に鳥襷を浮き織にした指貫という宿直装束。紋様を織り出した指貫を着用できるのは、禁色勅許を得た者だけである。

一間ほどの距離を隔てた二人の間に、気まずげな空気が流れる。

荇子としてはかかわりたくない相手で、できるなら口もききたくない。直嗣とは、征礼や帝がらみで、色々と面倒な経緯があったのだ。

このまましれっと行き過ぎて、如子にのみ報告するか。荇子が知らせずとも、どうせ直嗣には誰かが報告するだろう。なんせ皇太后がとつぜん来訪し、しかもいま門前で待ち構えているのだ。まさに由々しき事態である。ほどなくして御所はおろか、大内裏にまで知れ渡るにちがいない。

「いかがいたした。さように急いで?」

一礼だけして台盤所に入ろうとした矢先、声をかけられてしまった。思わず舌打ちをしたくなる気持ちを堪える。直嗣はあいかわらず気まずげな面持ちで、視線をわずかに逸らしている。だったら最初から声などかけてくるなと言ってやりたかった。

「あの……」

「江内侍、ちょうどよかった」

台盤所から出てきたのは、如子だった。華やかな百合かさねの唐衣をつけた彼女は、直嗣をちらりと一瞥しただけで、まるでいない者のように見事に無視した。如子もまた直嗣には色々と思う節があるのだった。

「今しがた聞いたのだけれど、皇太后様がお出でになられたという話は本当なの？」

「まことでございます」

予想通り、事の次第はあっという間に広がっていたらしい。困ることもあるが、今回の場合、話が早く済んで助かる。

「皇太后？」

直嗣が尖った声をあげた。

するとそれまで見事に直嗣を無視していた如子が、くるりと彼のほうに向き直った。

「そのようなわけです。皇太后さまを刺激せぬためにも、北院家の方はどうぞお控えくださいませ」

言葉だけは丁寧だが、物言いはけんもほろろである。

北院家というのは、いまの左大臣を主流とした一門である。ちなみに如子と中宮は南院家と呼ばれている。両家の祖は兄弟で、南院家が兄、北院家が弟である。如子と直嗣はそれぞれ彼等の孫となる。

皇太后は十四歳で夭折した先帝の母親で、先の左大臣と内大臣の妹だった。つまりは如子と中宮の叔母（おば）で、南院家出身の后（きさき）である。

そこまでは荇子も認識していたが、直嗣が彼女を刺激する存在とまでは考えていなかった。凋落（ちょうらく）した南院家の娘として、北院家の興隆をよく思っていないということなのか。先ほどの直嗣の尖った声音（こわね）を思いだせば、彼のほうも敬遠されているという自覚はあるとみえる。

「承知しました。ならば公卿（くぎょう）の皆さまへの伝言は私が請け負いましょう」

直嗣は驚くほど素直に、如子の提案を呑（の）んだ。如子のほうはといえば、特に感謝したふうもなく平然と返す。

「よろしくお願いします」

直嗣は無言でうなずくと、そのまま離れていった。

「あの、皇太后さまは主上への拝謁をお求めに……」

遠慮（えんりょ）がちに荇子は告げた。念のためである。皇太后の訪問は知っていても、その目的まで耳に入っているのかどうか、先ほどの如子の言動からは分からなかったからだ。

「主上は石灰壇（いしばいだん）で、目下拝礼中よ。そうでなくてもこんな急に訪ねてらして、お会いできるわけがないでしょう。そりゃ先帝であれば実母として考を尽くすでしょうけど、今上は赤の他人なのだから」

如子の遠慮のない物言いが、性格なのかあるいは姪という近い立場故のものなのか現状では分からなかった。ただ皇太后に対してのこの言い様は、相変わらずひやひやする。

「ならば、いかがいたしましょうか？」

荇子の問いに如子は、白魚のような指を口許にあてて思案する。

「ひとまずどこかにお上がりいただいて、お待ちいただくしかないわね。経路からすると貞観殿が一番近い――」

「貞観殿は御匣殿がございますので、女蔵人達が間近にいて騒がしいかと存じます。皇太后さまのご気分を害すやもしれませぬ」

荇子は言った。表向きは皇太后を気遣っての意見だが、本心はもちろん女蔵人達に同情してのものだ。とつぜん自分達の詰所間近に皇太后が乗りこんできたりしたら、その日の仕事が一気に滞ってしまう。舎に比べて広い面積を有する殿は、中を仕切って複数の司で共有する場合が多い。貞観殿も例に漏れずである。公卿達の宿直所である直廬も、この形で設えられるのが大半だ。

ちなみに御匣殿とは帝の装束の調進を請けおう司で、女蔵人達が所属している。貞観殿そのものや、現状では不在だが長官である御匣殿別当個人を指すこともあり甚だややこしい用語であった。

「それもそうね。では宣耀殿にお入りいただきましょう」

如子は台盤所にいる命婦達に、準備を急ぐように告げた。

「それと誰か、皇太后の迎え入れはこちらで済ませるので、内侍所での仕事を進めるように長橋局に伝言してきてちょうだい」

「あ、私が参ります」

荇子は名乗りを上げた。長橋局とかかわることは気が進まぬが、そうは言っても荇子は内侍司所属である。

「いいえ。江内侍は私と一緒に来てちょうだい」

如子の命に荇子は目をぱちくりさせる。つまり皇太后の迎え入れに同行せよ、ということだ。

（え、なんで？）

内侍司に管轄外の命婦をむかわせ、荇子を宣耀殿に伴う意味が分からない。役割を逆にした方が絶対に道理である。とはいえすでに簀子を進みはじめた如子にあれこれ問う術もなく、荇子は戸惑いつつ彼女の背を追いかけたのだった。

宣耀殿は内裏の北東、中央寄りに位置する殿舎である。妃がおらぬ現状ではこれといった用途もなく、東廂を幾人かの内裏女房達が局として使っているだけだった。

如子は皇太后の御座所を、母屋の西側に整えさせた。この位置なら東廂の女房達も気遣わずに済むだろう。大方の者はすでに出勤しているが、中には夢見の悪さや物忌を理由に休みを取っている者もいる。

海と松の景色を描いた屏風は四枚綴り。装飾としてはもちろん、東廂からの目隠しの役目もある。生絹の帳に胡粉で蓮の花を描いた几帳。繧繝縁の厚畳を二枚並べた上に、縁を織物でかがった茵を敷く。

ばたばたと設えた座に、皇太后はあがった。

四十までまだ少しといった年齢の貴婦人は、きりりとした口許と心持ち吊り上がった眦が印象的な、峻厳な雰囲気を持つ佳人だった。如子も中宮もこういう印象だから、南院家の女人の特徴なのかもしれない。北院家の弘徽殿女御は、いまの満たされた環境もあるのだろうが、優しげで朗らかな八重咲の桃花のような女人である。

小袿は蘇芳香のかさね。鳳凰の文を織りだした蘇芳色の縠紗から、色味を抑えた黄色の平絹が透けて見える。

「無沙汰していましたね。まさかこのような形で大君に会うことになるとは思いもよらぬことでした」

皇太后は、西廂に控える如子に声をかけた。

大君とは貴人の長女の呼称である。如子は先の内大臣唯一の正嫡の娘だった。

「こちらこそ。皇太后さまへの疎音をご容赦くださいませ」

「堅苦しい呼び方をせずともよい。昔のように叔母上と呼びなさい」

気さくな物言いに、如子は黙りこむ。しばしの間のあと「では、叔母上」と堅い口調で呼びかけた。たちまち皇太后は口許をほころばせた。

「兄上方が早くに身罷られたばかりに、そなたと中宮には辛い思いをさせて、叔母として申しわけなく思っています。内大臣の娘に宮仕えをさせることになるとは、私も思いもよらぬことでした」

如子の少し後ろに控えていた荇子は、複雑な気持ちになった。皇太后は知らないで言ったにしても、如子を典侍に据えたのは荇子だからだ。如子自身は〝本当に助かった〟と言ってくれたが、それは世間の価値とは一致しない。基本的に入内以外の女子の宮仕えは、特に身分のある者からははしたないこととされている。

先の内大臣の娘である如子への、世間の同情や哀れみ。その煩わしさは、荇子のような地下人の娘とは比較にならないだろう。

荇子はちらりと如子の様子をうかがった。美貌のその表情には、微塵の揺らぎも見られない。

「ところで叔母上。本日はどういったご理由で参内を？」

その瞬間、皇太后は蛾眉をつりあげた。

「そのことです。早急に帝に取り次ぎなさい」

高圧的な物言いは、身分を考えればとうぜんなのかもしれない。もしも取り次ぎを望む相手が公卿であれば、なんとも感じない。あるいは先帝であれば、彼はわが子であるからそれもやむなしと思えるだろう。

しかし今上はちがう。縁戚でもなく、まして歳も十歳もちがわない。その帝に対してこのふるまいは、いかに皇太后とはいえ増長と言うしかなかった。

「主上はただいま遥拝中です」

如子はきっぱりと言った。遥拝とは、遠く離れた場所から神仏を拝むことで、清涼殿の石灰檀でこれを行うことは帝の日課であり義務でもあった。確かにこれを中断させての面会など言語道断ではあるが――。

（いや、もう終わっているでしょ⁉）

皇太后の参内の報告を受けたときが遥拝の最中だったのだ。それから宣耀殿の設えを整え、皇太后を招き入れるまではしばらく時間を要した。遥拝はすでに終わり、いまごろは侍読から講義を受けているはずだ。神事である遥拝に比べれば、融通が利かない事柄でもなかろう。もっとも帝からすればいくら相手が皇太后でも、こんな非礼な要求に誠意を持って応じる必要はないのだろうが。

（あれ？）

荇子は、ふと思いつく。

しかしその考えを具体的な言葉に起こす前に、皇太后が言った。

「大君、そなたは聞きましたか？　源大夫が罷免されるという噂を」

「罷免ではなく、陸奥守に転ぜられるとうかがっております」

「同じことです！」

皇太后は語気を強めた。

「女子の私とて分かります。この人事があきらかに懲罰的なものであることなど。いったいなんの非があって、源大夫のような忠臣を遠ざけるのです」

非はある。中宮との姦通なのだから、陸奥国赴任が恩情と思えるほどの重罪だ。

けれどその罪を秘匿するかぎり、世間には、この人事は帝の横暴としか受け止められないだろう。

「そこまで中宮を蔑ろにするおつもりとは、まったく天子ともあろう御方が心無いお振る舞いをなさる。どこまで我ら南院家を虐げられるのか」

つまり皇太后は、有任を罷免することが廃后への布石だと解釈しているのだ。実際に帝と左大臣とのやり取りを思いだせばそうなのだろう。

「情けない。先帝さえご存命であれば、このような非道な真似はけして許されなかったでありましょうに。なにゆえ、あたら若い身で身罷られてしまわれたのか」

皇太后は膝の上でぐっと拳を作る。切れ長の眦には、うっすらと涙が浮かんでいる。十四歳のわが子に先立たれた母親の無念は、余人には計り知れない。それは本当に気の毒なことだと思う。

しかし言葉の端々に今上を蔑む気配が滲んでいるように聞こえるのは、荇子の気の所為ではないはずだった。

怒りなのか悲しみなのか分からぬが、皇太后の拳が震えた。

それまで黙って話を聞いていた如子は、柳眉を寄せて小さく息を吐いた。

「叔母上のご希望は、主上にお伝えします」

「私はすぐにお会いしたい」

鼻息も荒く、皇太后は言った。

「大君。そなたも私や中宮と同じ、南院家の正嫡の娘。わが一門に対するかような無体な仕打ちは、我らで力をあわせて、なんとしても阻まねばなりませぬ」

「お気持ちは分かります。されどあまりに事を急いては、いかに主上が穏やかな方とはいえ事態がこじれてしまいます。ここはもうしばらくご辛抱をお願いいたします」

さすがに叔母が相手とあっては、如子もいつもの剣呑な物言いは控えめだ。ここで突っ込ませてもらうのなら、帝の性質は穏やかというのとはちがう。ほとんどの他人に心を許していないから、感情的になることがないだけなのだ。

姪にここまで言われては、さしもの皇太后も引かざるをえなかったようだ。

「分かりました。そなたの顔を立ててお待ちしましょう」

帝に対してどういう物の言いようだと思うが、皇太后からすれば、今上のいまの位はわが子が早世したゆえに転がり込んだもの。あと数年の時が経ち、先帝が一人でも皇子を残していれば今上の即位は絶対にありえなかった。わが子の不幸によりおこぼれ的に即位を果たした今上になど、敬意を持てずに当然という心持ちなのかもしれない。

自分には関係がない上つ方の問題だとは思うが、目にして気持ちの良いふるまいではなかった。

なんとか皇太后をなだめ、いったん宣耀殿を出る。

簀子から渡殿にあがった瞬間、如子は盛大に舌を鳴らした。公卿の娘、上臈とも思えぬ粗野なふるまいに荇子はびくりとする。

「す、典侍さま？」

「あなたの気持ちが、なんだか分かった気がするわ」

「はい？」

「間に挟まれるって、大変なことなのね」

どういうつもりで言っているのか、意図を計りかねた。怪訝な顔をする荇子に、如子は蝙蝠をかざしたまま顔を近づける。

「実は主上から、皇太后とは絶対に会わないと言われたのよ」

「……ああ」

驚きも焦りもしなかった。

皇太后のあの態度を見れば、帝のほうが彼女を嫌っていてもなんの不思議もない。東宮時代の帝は別宅に住んでいたから、顔を合わせる機会はほとんどなかっただろう。だがおそらく国母として、当時はお飾りの東宮に高慢なふるまいをしていたのだろう。

対して帝も、らしすぎる。気が進まないとか、会いたくないとかではなく、絶対に会わないと断言するのだから。

もしも皇太后がもう少し礼節を持って謁見を望んだのなら、あるいは帝は会うことぐらいは妥協したのかもしれない。それぐらいの大人げはある方だ。

しかし今回の彼女のふるまいは、いくらなんでも礼節を欠きすぎている。帝の拒絶はとうぜんのことかもしれない。

「典侍様が、主上の遥拝がまだ終わっていないと仰せになられたとき、ひょっとしてそうなのかなと思いました」

荇子の言葉に、如子は「さすがね」と笑った。

「正直にがつんと告げるのも手だったけど、就任早々騒ぎを起こすことも本意ではないから、とりあえずはああ言ってごまかしたのよ」

さらりと過激なことを如子は言った。あの状況の皇太后に、帝のその本心を伝えるなど想像するだけでぞっとする。

「主上と叔母上の双方をうまく取り持つというのは、なかなか面倒くさい。でも、あなた達にとって、こんなことは日常茶飯事なのでしょう?」

「いえ」

如子の問いに、荇子は首を横に振った。

「もう少し身分の近しい方でしたらそれも気遣いますが、ここまで上の方となると私の思惑を挟むなど畏(おそ)れ多くて……」

「でも、こういうことに慣れてはいるのでしょう。だったらちょっと私の代わりに言ってきてくれない。主上はあなた様の顔も見たくないそうですから、どうぞお引き取り下さいって」

苻子はびっくりして一歩後退った。そのはずみで背中が柱にぶつかった。ちょうど前に立っていたことに気付かなかった。ぷるぷると首を横に振ると、如子は悪戯(いたずら)が成功したような顔で笑った。

「冗談よ。叔母上の説得は私が任されたのだから、私が果たす。部下であるあなたに丸投げしたりしないわ」

ほっとした。そんなことを伝えれば、あの皇太后がどれほど怒るか想像するだけでぞっとする。とばしりで配流(はいる)にでもされたら、本当に笑えない。

「仮にも叔母上なのですから、できるだけ穏やかに……」

「こんなときばかり叔母上だと言われても、さしたる義理はないのだけどね」

ぽろりと如子が零(こぼ)した言葉に、苻子はきょとんとする。

だが、ほどなくして思いついた。

南院家の者として力をあわせて——中宮の危機に、皇太后はそう意気込んでいた。

だが同じ姪である如子の父親が亡くなったとき、皇太后はなにかの力添えをしたのだろうか？

后がねであった如子が、後ろ盾を無くしたことでその未来を断たれたことはしかたがない。けれど伯父である先の左大臣が娘である中宮の女房にしたことは、誰もが認める心無い行為だった。

その実兄の非道を、皇太后が咎めたという話は聞かない。先帝が存命であれば国母として権勢を奮ったであろう皇太后も、頼りとすべき息子を亡くしたあとでは第一人者の実兄になにか言うことはできなかったのか。

だとしたら同情の余地はあるが、だからこそ先ほどの如子へのあの言葉はない。

──我らで力をあわせて、なんとしても阻まねばなりませぬ。

如子に救いの手を差し伸べなかった。実兄の姪に対する無体を見てみぬふりをした。そこに少しでも良心の呵責があったのなら、あんな発言はでない。

しかも今回の中宮の退出で、はじめのうち如子は行き場を失っていた。

つまり皇太后はまたしても如子に手を差し伸べなかったのだ。そのくせ如子が内裏女房となったことに、同情するような発言をした。

探るような目で自分を見る荇子に、如子は涼しい表情で言った。

「傍観者だった叔母上になにを言われようと、私はあなたに感謝しているから」

侍講どころか午前の朝餉御膳（大床子御膳に対しての軽食のこと。実質的な食事であり朝食のことではない）が終わっても、帝は皇太后に会おうとはしなかった。それどころかまるで誰も来ていないかのようにふるまい、左大臣を呼びだして有任の任官をせっついていた。

そのころには荇子はすでに自分の局に戻り、せっせと写本の仕事を進めていた。

皐月末の空気は湿気を帯びていて、じっとりと肌にまとわりつく。通常であればうんざりとする日和だが、書字の作業中は集中力が向上してあまり気にならない。丁寧に、しかしすらすらと走らせた筆から放たれる文字の流麗さには自分でもうっとりする。

得意の能筆を生かせる書字。加えて長橋局の目を無視できる、自身の局での作業なのだから自然と気持ちも弾む。

如子が内侍司に及ぼす影響は、間違いなく良い方向にあった。あきらかに長橋局は委縮しており、以前のように感情で理不尽な仕打ちをすることはなくなっていた。

最初は緊張していた他の内侍達も、如子の厳しさと長橋局の横暴を天秤にかけて、絶対に前者のほうがましだと理解したようだった。仕事をきちんとこなしたうえで妙な悪意などを見せなければ、如子は他人に牙は剝かない。

やはり彼女に内侍司に来てもらってよかったのだ。

そんなことを考えながら、ふと荇子はにやけてしまう。

——私はあなたに感謝しているから。

まさか如子からあんな言葉を聞くことになろうとは、出会ったばかりの頃は想像もしていなかった。荇子の労力に対して容易に礼を言わず、借りは返すとしか言わなかった人なのに。

ばたばたとした足音が近づいてきた。

「江内侍さん、いらっしゃいますか?」

返事をする前に顔を突っ込んでは、呼びかけた意味がないではないか。

荇子はわざとらしく眉をひそめ、御簾の間から顔を出した同郷の少女をにらんだ。

橘卓子。乙橘と呼ばれる十四歳の女蔵人は、宮中での評判の潑溂とした美少女である。加えて素直で人懐っこい気質から、男女を問わず誰からも可愛がられている。同郷で縁戚という事情もあり、荇子は特に目をかけているのだった。

「いつも言っているでしょう。こちらが返事をするまで簀子で待っていなさいって」

「すみません。でも由々(ゆゆ)しき事態なのです」

言いながら卓子はぐいっと局に入ってきた。単(ひとえ)の白い唐衣から、菜の花のように艶(つや)やかな黄色の表着(うわぎ)が透けて見える。

「由々しき事態？」

大袈裟(おおげさ)なとは思いながらも、穏やかではない表現に荇子は胸騒ぎを覚える。

「藤侍従(とうのじじゅう)さんが宣耀殿に呼ばれて、皇太后さまにしぼられています」

藤侍従とは征礼のことである。

「もう半刻(はんこく)近くになります」

「ど、どういうこと⁉」

「帝との謁見がなかなか叶わないので、埒(らち)が明かぬとして藤侍従さんを呼び出されたようです」

女蔵人の詰所は御匣殿(みくしげどの)で、宣耀殿の隣である。加えて宣耀殿の局には内裏女房が数名残っている。そのあたりのつてを使って、内情を探ってきたのだと言う。

「なんでよ。皇太后さまなら、征礼のような下っ端ではなく頭中将(とうのちゅうじょう)辺りを呼べばいいでしょうに」

「だって帝の本当の腹心が、頭中将や頭弁(とうのべん)ではなく藤侍従さんだというのは、みんな知っていますから。もちろん頭中将さまが北院家のご子息というのもあるのでしょうけど」

「……いつのまに、そんなことまで詳しくなったのよ」

半ば呆れつつ荇子は言った。宮仕えをはじめてから半年と少しの卓子は、礼儀作法はまだ不慣れなくせに、こういう噂や醜聞にはものすごく耳聡い。その理由はひとえに彼女の人懐っこさにあった。女房達はもちろん、上は公卿や殿上人にも物怖じしない。しかも女嬬はおろか端女や僕等の下の者にまで分け隔てなく接する卓子の情報網は、本当に侮れなかった。

「とにかく主上に会わせろの一点張りだそうです。本来の目的は源大夫さまの任命替えを阻止することだったはずなのですが、なんだか目的が変わっていやしませんか？」

素朴な疑問を口にしているようで、地味に茶化しているように感じるのは気のせいだろうか。確かに皇太后の本来の目的を考えたのなら、謁見をごねるより征礼を通じて有任の件を訴えるほうが筋だ。

「それで征礼は、どう応じているの？」

「本日は日が悪いので、また改めてお越しくださいの一点張りです。こうなったら根競べですよね」

午前中に如子は、帝に意向を伝えるとしていったん皇太后を退けた。しかしあの段階ですでに帝には会うつもりがないことは分かっていたから、こういう体裁を取ったというわけか。

こうなると心底、征礼が気の毒である。

まったく帝はなにをしているのだ。心を許す唯一の臣下がとばしりを受けているのだから、一肌脱いでも罰はあたらないだろうに。無意識に不遜なことを考えつつ、荇子は腰を浮かした。

「様子を見られる?」

「任せてください。東廂に住んでいる女房達に話はつけています」

卓子は顔の前でぐっと拳を作ってみせた。おそらく荇子を呼びに来た段階で、ある程度の算段はつけていたのだろう。色々と手に負えないところもあるが、こういうところは本当に頼りがいがある。

速足で簀子を進み、宣耀殿にと向かう。しかし渡殿の端まで来たとき、宣耀殿の妻戸を押し開いた征礼の姿が見えた。げっそりとして肩を落としている。どういったやりとりがあったのか、あれだけで想像がつく。

「征礼」

呼びかけに征礼は顔をあげる。渡殿に立つ荇子と卓子の姿に、苦笑を浮かべる。荇子は小走りに傍によった。

「大変だったわね」

「思った以上に粘られたよ」

やれやれと息をついたあと、さすがにここで愚痴を言うのはまずいと、桐壺との渡殿に移動した。殿舎の謂れともなった壺庭の桐が、枝先に淡い紫の花を咲かせている。高木の桐は立蔀のむこうからでもその枝葉を見上げることができる。

「主上とお会いできぬなら、この場で出家をするとまで脅されたよ」

「えっ⁉」

驚きの声をあげる荇子に、征礼は彼には珍しく皮肉っぽく言う。

「今年は本厄だから出家したいとは、以前から仰ってはいたらしいけどな」

なるほど。ならば、渡りに船というわけか。

本厄というのなら三十七歳。出家には若干早い気もするが、かといって惜しむべきほどの若さでもない。夫と子に先立たれた女が、彼等の菩提と自身の後世を祈りたいというのなら特に驚くこともない。かねてよりの希望を、ある意味効果的に利用しようという魂胆なのだろう。そう考えると、たちどころに白ける。

聞いたときはなんと過激なことをと驚いたが、事情を知れば打算的かつ利己的な性格が透けて見える。先の左大臣の横暴から、姪の如子をかばおうとしなかった理由もそんな性質によるところなのだろう。

ならば如子のあの冷ややかな態度も納得ができるというものだ。皇太后のほうにまったくその自覚がなさそうなところも含めて。

「実は今朝、内府典侍も呼ばれていたのよ」

「それはご本人から聞いた。なにを言われても主上はお会いできぬと、おたがいに突っ張ろうと励ましあったよ」

皇太后に対して、これはずいぶんと不遜な協定を結んだものである。如子も相当なものだが、そこまで皇太后に会いたくないという帝の気持ちの強さにも感心する。

荇子が宮仕えをはじめた八年前は、まだ先々帝の御代であった。当時十歳の先帝はすでに立坊されていたが、先々帝の中宮は北院家出身の后でいまの皇太后ではなかった。中宮には姫宮しかいなかったのだ。

立后の経緯は各家の権勢や帝の思惑も関与しているのだが、東宮の母でありながら立后されなかったことに、皇太后が強い恨みを抱いていた話は聞いている。だからこそ姪が今上の中宮に立てられたときは盛大に祝いをした。実の親にも勝る華やかさに、わが子に先立たれた悲しみをあれで癒しているのではと噂になったものだった。

その中宮が廃后されるやもというのだから、皇太后がいきり立つ気持ちは分からないでもない。

だとしても今回の彼女の行動は、今上に対して不遜極まりない。

その頃は一親王に過ぎなかった帝は、すでに成人して御所を出ていた。最愛であり唯一愛した妻、室町御息所との結婚もこの前後だったと記憶している。ちなみに室町御息所の父は当時の参議で一応公卿と呼ばれる立場ではあったが、いわゆる傍流系に連なる家系だったので、権勢を奮うこともなくむしろ風流人として名を馳せた人だった。そのせいもあり、帝との舅婿の仲は良好だったと聞いている。もしもこの人と室町御息所が存命であれば、いまの政権はどうなっていたことか。

埒もない〝もしも〟を考えたあと、荇子は現実に立ち戻る。

「一度お会いしてさしあげて、検討するとか適当になだめて帰っていただいたほうが早い気もするけど……」

「意味がない」

荇子のぼやきを征礼はばっさりと否定した。

さして強い口調ではないにもかかわらず、あまりにも断固とした響きに荇子は目を円くして征礼を見る。卓子はちょっと緊張した面持ちで二人の様子をうかがっている。

「……どうして？」

軽い衝撃を受けたまま、用心深く荇子は問うた。

「源大夫の赴任はもう決定事項だ。いまさら時間稼ぎやごまかしなど意味はない」

「決定って……」

太政官達は、まだ反対しているのではないか？　問いかけて荇子は口をつぐむ。

通常であればいかに帝の鶴の一声とはいえ、全太政官の反対を押しきって人事を進めることは困難だろう。しかし今回は事情がちがっている。なぜなら当人である有任がすんなりと受け入れてしまっているのだ。

太政官達の説得を馬耳東風に、有任は粛々と出立の準備を進めているという。しかも今回は事情が事情だけに、前任者の目代は早急の帰京を命じられている。もちろん解由状（役人が任期満了で交代するときに後任者が前任者に渡す文書）もない。

「このことは皇太后にも理解していただかなくては」

苦々しい表情で征礼は言う。荇子はなにか言いたかったが、具体的な言葉が思い浮かばなかった。征礼がどこまで、なにを知っているのかが分からなかったから迂闊に問うことはできなかった。

沈黙する荇子達の横で、卓子は素知らぬ顔で高木の頂に開く桐の花を見上げている。無神経なようでこういうところは気が利いている。ただ無邪気で可愛いだけでは、誰からも好かれる人間にはなれない。釣鐘型の淡い紫の桐の花は、薄鈍色の皐月の空に溶けこんでしまっているように見えた。

「藤侍従」

とつぜん響いた軽快な男性の声は、色々な意味で重苦しかった空気を打ち払った。

征礼はほっとした顔で声がしたほうに目をむける。白い玉砂利を敷き詰めた壺庭を歩いてきたのは、征礼と同じ緋色の袍を着けた、爽やかな風貌の美男子だった。

「少輔、戻ってきたのか」

青年の名は、民部少輔の藤原禎生。

従五位下と身分こそさほど高くはないが、殿上の資格は持っている。その容姿の良さはかねてより評判で、昨年など賀茂祭の行粧の一列に加えられたほどだった。ちなみに勅使は直嗣で、藤の花房のように涼やかで華麗な公達の晴れ姿は人々の評判となったが、若竹のようにしなやかで凛々しい禎生の姿もまた人々の衆目を集めたのだった。位が同じで年も近いせいか、征礼は彼と親しくしていると言っていた。

（なんか、久しぶりに顔を見たような……）

民部省の職掌は、御所への頻繁な出入りを必要とするものでもない。しかし禎生は女性人気が高く、恋人が途切れることがなかったので以前はよく見かけていたのだが。

（ほんと、何か月ぶりかじゃない？）

もちろん恋人がたまたま切れていたという可能性もあるし、そもそも禎生の恋人が宮仕えの女だけとはかぎらない。

しかし先程征礼が「戻ってきたのか」と訊いていたから、里にでも帰っていたのかもしれない。身内の不幸か、あるいは本人の病か。血色のよい顔からは、後者は考えにくくはあるのだが。

禎生は高欄の下まで歩み寄り、征礼に微笑みかけた。

「ああ、昨日戻ってきた。早速だがちょっと話したいことが……っと、これは江内侍。あれ、もしかして邪魔をしたか？」

「な、なにを言っているんだ！」

さっと苻子が顔を赤らめる横で、征礼が焦りだす。

「あ、そうでした。私ったら気が付かないですみません」

「なにを言っているのよ、乙橘！」

「藤侍従さんも、ほんとすみません」

「おまっ、なにを言っているんだよ！」

　ぺこりと頭を下げる卓子を、征礼も顔を真っ赤にして叱りつけた。そうしてすごくわざとらしい所作で、禎生にむかって奥の桐壺の殿舎を指さした。

「話があるんだろう。あっちで聞く」

「あ、うん……」

　禎生がはっきり返事をしないうちに、征礼は渡殿をずんずんと進んでいった。禎生もばたばたと庭を走っていった。

　あとに取り残された荇子に、卓子は呑気な口調で言う。

「少輔さん、なんのお話しでしょうね」

「あのね、何度言ったら分かるのよ。私と征礼はそういう関係じゃないって」

「江内侍さんはそうかもしれないですけど、藤侍従さんがそう考えているとは思えないですよ」

　しれっと卓子は断言しやがった。

　腹が立つけど、怒りきれない。なぜなら、そうだとしたらやっぱり嬉しいからだ。

だけど荇子は結婚はしないと決めているから、たとえ征礼が自分を想ってくれていたとしても応えることはできない。

　男女の恋愛の真っ当な行きつく先は、結婚とされている。

その結婚をする覚悟がないのに、恋だけは成就させたいだなんて虫が良すぎる。

だったら結婚を考えればよい。とはけしてならない。幼少時の父の再婚を切っ掛けに心に深く刻まれた想いは、歳を重ねるにつれてやわらぐどころかいっそう意固地に頑なになっている。

（結婚なんて、絶対にしない）

そのためには宮仕えをつづけ、自分の食い扶持は自分で稼ぐ。

十三歳で宮仕えをはじめた日から、そう決めていた。その思いに揺らぎはないはずなのに、征礼の顔を見るとなぜか混乱する。

整理できない感情を持て余し、荇子はくるりと踵を返した。

卓子はなにも言わずに後ろにいる。気まずい。御匣殿に戻る卓子とはここで別れることになるが、このままでは非常に気まずい。

「では、私は戻りますね」

信じられないほど天真爛漫に卓子は言った。そうして拍子抜けする荇子にむかって、ひらひらと手を振って立ち去っていった。

あとに残された荇子は、しばしぽかんとしてその場に立ち尽くす。

七歳も年少の相手に色々と見透かされている気がして、軽い自己嫌悪を覚える。

征礼との膠着した関係は、すべて自分の意固地さにあるのだということだけは分かっていた。

がっくりと肩を落として、荇子は渡殿を進む。ここまま局に戻るのは気が滅入る。ちょっくら内侍所に足を伸ばして、弁内侍とおしゃべりでもしようか。近頃は長橋局もすっかり大人しくなって、許容範囲の雑談にまで目くじらをたてることはなくなっていた。

梨壺を介して温明殿への渡殿に上がったとき、甲高い罵声が響いてきた。

明確に聞き覚えのある声に、荇子は眉を寄せた。近づかないほうが良いという防衛本能より、なにが起きているのかという好奇心が勝った。物音を立てないようにして、ゆっくりと足を進めた。

渡殿の先。温明殿の北廂には、あんのじょう仁王立ちをした長橋局がいた。興奮しているからか、荇子の存在に気づいた気配がない。柱に身を寄せて状況をうかがうと、彼女の前では茜色の小袖姿の女孺が項垂れている。

——あとはせいぜい女孺達が八つ当たりされるぐらいよ。

先日の弁内侍の言葉を思い出す。

なるほど、こういうことか。

多少の心の痛みを覚えつつも、そっと荇子は視線をそらす。

可哀想だと思いはするが、ここで下手にかばいだてなどしたらとばしりを受けることは確実だ。それを承知しているから、内侍司からは誰も出てこない。それでなくとも荇子は特に目をつけられているのだから。

（なにを言われても、聞き流しておけばいいのよ）

自分もそうしていたのだと、心の中で励ましを送る。

理詰めできちんと説明したところで、感情的になられてさらにひどくなる。もちろん反論などとんでもない。こうなったときの長橋局への対処法は、ただひたすら耐えて嵐が過ぎ去るのを待つのみである。例外は卓子のように無邪気と無神経でやり返すことだが、あれは彼女にしかできない特殊技能だ。

弁内侍との雑談を諦め、自分の局に戻ろうと踵を返しかけたときだった。

物がぶつかる音と、水が撥ねる音が響いた。

驚いて足を止めると、階の下に転がった桶が見えた。床板と白い玉砂利が濡れて色が濃くなっている。簀子には半泣き顔の女嬬と、ふんと鼻を鳴らす長橋局が見えた。

何が起きたのかとっさには理解できなかった。女嬬が掃除のために準備をした水桶を、長橋局が蹴り落としたのだと理解したのは「次に同じヘマをしたら、ただじゃおかないから」という彼女の捨て台詞を聞いたあとだった。

あまりの暴挙に荇子は呆然と立ち尽くす。長橋局が立ち去ったあと、女嬬は簀子に座りこみ顔をおおってしくしくと泣き出した。

心苦しさから荇子は簀子にあがり、女嬬に声を掛けた。

「災難だったわね。怪我はしていない？」

女嬬は顔をあげた。卓子より少し上なくらい。十六、七といったところだろう。色白で清楚な印象の美少女だった。なるほど。若くて美しいというのも、長橋局に目をつけられる要因かもしれない。

水が撥ねたのだろう。右半身の髪から肩が濡れている。荇子は手拭きに使っている絁の端切れを差し出した。

「あげるから、使って」

「ありがとうございます」

女嬬は鼻をすすりながら、髪と顔を拭いた。

「冷たかったでしょう。着替えたほうがいいわ」

「大丈夫です。お湯でしたから」

人々が素足で歩くので、特に夏場はけっこう皮脂で汚れている。そういうときは湯を使ったほうがさっぱりと拭きあげられる。とはいえ濡れたまま冷えてしまえば同じことである。この季節であれば、身体(からだ)が冷える前に衣服が乾いてくれるやもしれないけれど。

健気(けなげ)に耐える女嬬があわれで、荇子は励ますように言った。

「長橋局の癇癪(かんしゃく)はいつものことだから、あまり気にしないで」

「分かってはいるのですが、今回はたまたま湯を運んでいるときにすれ違って、水滴が撥ねてしまったようです」

湯が入った桶はけっこうな重量である。非力な女人(にょにん)であれば、多少そういうことも起こりうるだろうに。ましてそれを蹴り飛ばしたりしたのなら、結局は自身にも跳ね返る。まったく行動の意味が分からない。

「近頃、とみにご機嫌が悪くて……」

何気ない女嬬のぼやきに、心が痛んだ。そうなった理由は、おそらく如子を迎えたことでの鬱屈(うっくつ)だろう。これまでのように後輩の内侍や命婦(みょうぶ)に当たれなくなったから、女嬬達に八つ当たりをしているのだ。しかも彼女達は立場が弱いから、女房達に対するより辛辣(しんらつ)になっている。

如子が来たことで荇子達は守られるようになったが、これは思わぬ所にしわ寄せが行ってしまった。

「気にしません。どうせ私は近々のうちに、お暇をいただく予定ですから」

女孺は目を赤くしたまま、ぱっと顔を輝かせた。

「そうなの？」

「はい。結婚するのです」

若い娘が仕事を辞めるというのなら、それかお産だろう。普通の娘なら分かりそうなものだが、なにしろ荇子は自分が絶対に結婚をしないなどと意固地に思っているから気が付かなかった。

「それはおめでとう。お相手は宮仕えをしている方なの？」

「いまは陸奥国に赴任しておりますが、近々のうちに戻ってくることになっています」

無意識のうちに荇子は眉をひそめていた。ならばこの女孺の許嫁が、苛政で訴えられたという件の目代なのか？

「ちがうのです」

あわてて女孺は言った。

「確かにこたびは訴状を受けての帰京命令ですが、あの方はさように悪辣な方ではございません。真面目な方です。それゆえに使命を遂行しようとして……私にはお優しい方なのです」

そういうことはあるだろうと思う。訴えられた受領や目代が、必ずしも悪徳であるとはかぎらない。しかし地方から訴状が届いた場合、太政官（だじょうかん）はおおむねその訴えを認めて派遣した役人を引き揚げさせる。

訴状にまで至るのだからよほどのことというのもあるが、地方の面目を立てるという理由もある。そのぶん戻ってきた役人にもこれといった罰は下されないことが多い。免職だけで罰になるし、数か月後にしれっと別の役を得ていることも珍しくない。

特に今回の目代という役職は、国守（くにのかみ）（この場合は陸奥守）の私的な役人という立場にあるから、朝廷からの処分は主人である陸奥守に下されている。そもそも苛政自体、陸奥守の意向を汲（く）んでのものだった可能性も高い。

「それなら、よかったんじゃない」

さらりと荇子が言うと、女孺はほっとした顔をする。今回の訴状では、彼女も多少なりとも肩身の狭い思いをしていたのだろう。そう考えるとやはり可哀想になる。

「だったら、なおのこと……」

荇子は声をひそめた。

「辞めるまではどうにかして、長橋局に会わないようになさいね」

結局その日、帝は皇太后との面会に応じなかった。

それどころか翌日になっても無視をつづけていたので、内裏女房達が皇太后付きの女房に苦情を言われ、そのたびにいまは忙しい、体調が悪い等ばらばらの言い逃れをしてあちらの女房達を怒らせてしまった。

昼過ぎて、如子の命令で内裏女房の主たる者達が台盤所に集められた。話を聞いた荇子も写本作業を中断して顔を出した。内侍司からは弁内侍が来ていたのでほっとした。長橋局は内侍所での作業を采配しているそうだ。

他の者が唐衣裳装束の中、局で作業をしていた荇子だけが袿姿だった。

「これは答えを統一しておかないとまずいわね」

ため息交じりに如子は言った。

いったんうなずいたあと、命婦の一人が遠慮がちに言う。

「あの、一度お会いしてさしあげたほうが納得なさるのでは？」

「私もそう思います。されど主上がお会いにならぬと決めていらっしゃるのだから、私達はその御意向に従うしかないでしょう」

昨日、荇子が征礼にしたものと同じ問いに、迷うことなく如子は答えた。

女房達の間に困惑した空気が広がる。そこまで頑なに避けるというのも大人げないように思うが、それを言うのなら御所にとつぜん押しかけてきた皇太后のほうがよほど大人げない。しかも帝に対して謁見を強要しているのだから、増長という以外のなにものでもない傲慢な行動である。

「確かに……皇太后さまもちょっと強引よね」

命婦の一人がぼそりと言った。

「中宮さまをお守りしたいお気持ちは分かるけど、さすがに主上のもとに押し掛けるなんてやりすぎよね」

「母后であれば、それも許されるでしょうけど……」

命婦達のささやきに、如子は完全に聞こえないふりをしている。

皇太后の姪という立場を考えれば咎めたいところだが、ここは帝の女房という立場を守った——傍目にはそう見えるのだろう。だが如子の皇太后に対する反発を知っている荇子からすれば、如子には端から皇太后をかばうつもりがないのだと分かる。

帝が折れるのか、皇太后が諦めるのか、現状はどちらに転がるか分からない。

どちらかの味方をするというほどの強い思いは、荇子にはない。しかし御所での騒動は可能な限り防ぎたい。

「あの、典侍さま」

荇子の呼びかけに、如子が顔をむける。

「江内侍、なにかしら？」

「お耳に入れておきたいことが、ひとつ」

意味深な物言いに如子は眉をひそめ、女房達も怪訝な顔をする。

そんな大袈裟なことでは、と恐縮しつつ荇子は口を開いた。

「あの、皇太后さまは出家も辞さぬ御覚悟のようです」

「出家⁉」

女房達がざわつく中、如子は眉間のしわをいっそう深くした。

「誰から聞いたの？」

「藤侍従です」

如子はなるほど、という顔をする。昨日征礼が皇太后から長時間拘束されていたことは御所中に広まっていた。まして荇子と征礼が親しい関係だというのは、内裏女房達のみなが知るところだ。下手な噂話であれば一蹴するが、これは信頼に値する情報だと如子は受け止めたのだろう。

「先帝が身罷られてから、かねてよりご希望なされていたとは聞いているわ」

「はい。それに今年は特に用心をなさらなければならぬお年回りでございますし」

「随分と合理主義ね」

如子は鼻で笑った。この言葉ひとつで、彼女の叔母に対する感情が他の女房達にも伝わっただろう。

「もとよりのお考えだったとしても、この間合いでそのような行為に走られては、主上への抗議としか受け取られません。そうなると主上の御立場が悪くなるやもしれませぬ」

「確かに、ここでそれは困るわね」

如子は唸った。左大臣とその一派をのぞいた臣下達は、中宮の廃后は望んでいない。その左大臣達も、有任の陸奥赴任にはさすがに反対している。つまりほとんどの臣下は皇太后の要望には賛成なのだ。

その状況で当てつけのように皇太后が出家などすれば、天子ともあろう者があまりにも情がないと、帝への非難は増すだろう。そのあたりは皇太后も計算済みであろう。自分の出家を最大限に利用しようとは、まったく発心とは程遠い俗っぽさである。

如子は肌理細かい頬に指を添え、短い時間思案する。そうして台盤所に詰める女房達全員の顔を見回して言った。

「不意をついて皇太后さまが受戒などなさらぬよう、宣耀殿への御坊様の出入りには十分注意をはらっていてちょうだい」

「承知いたしました」

「あちらの女房方にこれ以上強く面会を求められたのなら、南東からの訪問者にはとうぶん会ってはならぬ、という卦が出たとして統一してちょうだい」

あらかじめ考えていたのだろう。さらさらと述べると如子は解散を告げた。

大内裏は平安京の最北中央に位置するので、たいていの建物はそれより南に位置している。加えて貴人の邸宅は一般的に左京、すなわち東側にある。御所から見れば、ほとんどの建物は南東にあたるのだ。方違えのように出直すとしても、いったんは御所から出なくてはならない。なるほど、うまい方便を考えたものである。

他の者と一緒に局に戻ろうとした荇子の傍に、弁内侍がやってきた。

「神今食の話は聞いた？」

「え、なにかあったの？」

逆に荇子は問い返した。

神今食とは水無月、つまり来月の十一日に行われる宮中神事である。

中和院神嘉殿に天照大神を招き、忌火で炊いた新しい飯を帝が供える。帝も共食し、そのうえで神と共寝をすることになっている。基本は新嘗祭と同じ様式だが、霜月の新嘗祭ではその年に穫れた新米を使うのに比して、水無月の神今食では旧米を使う。新嘗祭の後に行われる豊明節会のような華やかな催し事はなく、そのぶん厳かな印象が強い。

「内大臣が、陪膳采女役に縁故の姫君を推薦なされたそうよ」

苻子は怪訝な顔をする。陪膳采女とは、神今食で奉仕をする女官のことだ。

采女とは本来、地方豪族から御所に奉仕するために献上された娘のことだが、いまはその制度自体は廃れてしまっている。立場や役目としては、女房よりも女孺に近い。

本来の様式は別として、近年では陪膳奉仕の役は内裏女房達で行っていた。その役目を自分の縁故の姫君にやらせたいなどと、目的が分からない。

「どうしてそんな真似を？」

「それがね」

弁内侍が周りを気にしているようなので、ひとまず二人で外に出た。後涼殿に通じる中渡殿で立ち止まると、弁内侍はここぞとばかりに喋りはじめた。

「その姫君が、どうやら先の斎宮さまらしいのよ」

「先の斎宮さまって、先帝の崩御で退下なされた？」

「そう。故上総太守の姫宮様よ」

親王任国である上総の国では、国守のことを太守と呼ぶ。先々帝の兄宮だったように記憶しているが、先の斎宮とは彼の姫宮のことである。若くして伊勢に下ったが、先帝の崩御により四年前に帰京、いまは上総太守が残した邸で母親と静かに暮らしていると聞いている。しかし内大臣と縁故だという話は知らなかった。それを荇子が言うと、弁内侍は首を横に振った。

「いいえ。内大臣との縁はないはずよ」

「じゃあ、どうして？」

「どうやら内大臣が、先の斎宮さまを入内させようと目論んでいるらしいわ。陪膳采女への推薦は、ひとまず帝にお目通りさせようという魂胆らしいの」

「は？」

荇子は怪訝な顔をする。

三十五歳とまだ若い内大臣には、年頃の娘はいない。場繋ぎとして養女を迎えて入内させる話はたまに聞くが、普通は縁故か政治的派閥を共にする下位の者の娘である。縁もゆかりもない、しかもとうに身罷った親王の娘に照準を合わせる理由が分からない。

「どういう人選なの？」

「実は先の斎宮さまは、亡き室町御息所の従妹にあたられる方だそうよ」

思いがけない名前に荇子は目を見開く。

今上が唯一愛した妃の話題を、まさかこんな形で耳にするとは考えてもみなかった。

弁内侍の説明によると、室町御息所と先の斎宮の母親は姉妹だったのだという。父親は時の中納言で、母親を同じくする同胞の姉妹だというから縁は濃い。

とはいえ――。

「跡継ぎにする養子ならともかく、妻の血縁なんて関係ないでしょう」

従妹だかなんだか知らないが、あの帝の頑なな心が、その程度の縁で緩むとは到底思えない。そもそも興味があるのなら、斎宮が帰京してきた段階で誘っている。

懐疑的な反応の荇子に、弁内侍はまどろっこしいというように首を横に振った。

「長じられた先の斎宮さまは、どうやら御息所に瓜二つにお育ちだそうよ」

その騒動が明るみに出たのは、夏の長い日がようやく落ちた夕暮れ時だった。

写本作業を終えた荇子が肩と腕の筋をほぐしていると、外からコツコツと格子を叩く音が響いた。

「江内侍さん、私です」

卓子の声だった。なにごとかと格子を押し上げると、五寸ほどの隙間から卓子がくりくりとした目をのぞかせた。

「どうしたの？」

「長橋局が、典侍さまと藤侍従さんにしぼられています」

「……なに、それ？」

言っていることは分かるが、構図が思い浮かばない。

如子は分かる。上司なのだから。しかしなぜそこに征礼が加わるのだ。しかも如子には従順だった長橋局がいったいなにをやらかしたものか。

純粋な疑問と、うっすらとした意地の悪い好奇心で局を出る。場所は鬼間ということだった。灯籠と各殿舎から漏れてくる明かりで、紙燭は必要なかった。幾つもの簀子と渡殿を進みながら、荇子は卓子に事情を聞く。

「なんでも皇太后さまの上雑仕を折檻したらしいのです」

「皇太后さまの……なぜそんなことを？」

「女嬬と間違えたようです。数が多いですから、いくら内侍でも全員の顔は覚えられませんものね」

雑仕とは貴人に仕える身分の低い女子で、上雑仕はその中ではいくらか格の高い者を指す。御所の女官にあてはめれば、その立場や役回りは女嬬に近い。身分的にはもちろん長橋局が上だ。

しかし所属が完全にちがっている。たとえ端女のように身分の低い者であっても、皇太后に仕える者をいたぶる権利は長橋局にはない。もちろん女官であっても、よいわけではないが。

「なんで、そんなことをしたのよ？」

「咲いたばかりの庭の萱草を、上雑仕がごそっと手折ったところを見咎めたそうです。むこうは宣耀殿の局に飾るつもりで、軽い気持ちで摘んだとのことですが、長橋局は女孺だと思いこんで、なにを勝手なことをしているのかと怒鳴って、格子を下ろす棒でひどく打ち据えたそうです」

およそ地位のある女人の行為とは思えぬ狼藉である。部外者の立場で断りもなく萱草を採った上雑仕にも非はあるが、長橋局は女孺だと思って折檻をしているから理由にはならない。

上雑仕はなんとかその場を逃れたらしいが、それを知った皇太后が激怒して、内侍司を通して帝に猛烈な抗議をしてきたらしい。

「それでなくとも謁見の件で鬱憤がたまっていらっしゃるので、それはもうすごい剣幕だったそうです？」

「え、まさか皇太后さまが怒鳴り込んでいらしたの？」

「いえ、文面がです。きちんとした謝罪を得られないのならば、出家はもちろん、飲食を断って抗議することも厭わないと」

崇道天皇（早良親王の追号・配流に対して絶食で抗議。絶命した）でもあるまいし、よほど胆力がなければ絶飲絶食など絶対に無理だと内心で荇子は突っ込む。

ただし出家のほうは十分ありうる。そんな事態になれば長橋局は自業自得として、帝にも非難が集まるだろう。

「どうなるのでしょう？　長橋局は馘首（解雇）でしょうか？」

「それで済めば御の字よね」

卓子の問いに、荇子は気のないふりで答えた。

長橋局の罷免の可能性を、声をあげて喜ぶほど不謹慎ではないが、かといって心配してやるほど善良でもない。

いずれにしろこの騒動で、内侍司をはじめ内裏女房達の業務に差しさわりが出ることだけは勘弁してもらいたい。それでなくとも月替わりの明日からは、神今食の準備で細々と忙しくなるというのに──。

「あ!?」

ふと思い浮かんだ考えに、荇子は思わず声を漏らした。不審に思われるかと焦ったが、ごく小さな声だったので卓子には聞こえなかったようだった。

これ幸いとばかりに、荇子はずんずんと足を進める。清涼殿の西簀子に上がると、鬼間前の簀子には複数名の女房達が集まっていた。こちらの部屋はまだ格子が下りていないので、中のやり取りがよく聞こえた。

「追って沙汰を下します。ひとまず、自分の局に戻って謹慎なさい」

中から聞こえてきた如子の声は、さすがに多少のいらつきがにじんでいた。ただ藤壺にいたときに同僚達にぶつけたような冷ややかさは感じられなかった。心底頭が痛いといった人のそれだった。

少しして御簾が割れて、見たこともないほど憔悴した長橋局が出てきた。女房達は自然と身を動かして道を開けた。彼女に同情をする者など一人とているはずもないが、さすがにここで嫌みを言うほどに性格は悪くない。

長橋局は間近の女房だけに目をむけたあとは、がっくりと項垂れたまま簀子を歩いていった。彼女の局は清涼殿と紫宸殿をつなぐ長橋の近くにある。内侍首席の者は伝統的にここに局を与えられていた。

長橋局の後ろ姿が見えなくなると、集まっていた女房達はそれぞれに顔を見合わせていたが、そのうち誰かの「行こうか」という一言で全員が動きだした。人気がなくなると御簾を下ろした鬼間のようすがうかがえてくる。几帳を隔てて、如子と征礼がむかいあっていた。

「そうですか。皇太后は主上にこの件について釈明を求めてまいりましたか」

ため息まじりに如子が言う。物言いから征礼の言葉を受けてのものだろうが、彼がなにを言ったのかは聞こえなかった。

御簾に近づいて話に聞き入ろうとする卓子を引き留め、隣の台盤所に入りなおす。中では今宵の当番の命婦が、すでに仕切りの襖障子を細く開いて盗み聞きをしていた。

簀子にも女房達が鈴生り状態だったことから、如子も征礼も人払いはしていなかったのだろう。あんがい端から人目を避けるつもりがなかったのかもしれない。人前で叱らないという配慮をしてやるほどの相手ではなし、しでかしたことも悪質すぎる。如子からすればひたすら腹立たしいだけの次第であろうから。

荇子と卓子は、命婦の横に座り鬼間のようすをうかがった。

「推測ですが、皇太后の要望はあくまでも表向きのものでございましょう」

征礼が言った。

「まことの狙いは、この失態を理由に主上に謁見を許可させること。その上で御自身に優位な状況で、源大夫の赴任を取り下げさせるつもりなのでしょう」

「まさしく」

如子も同意した。

「いかに皇太后とはいえ、帝相手にとつぜん押しかけて謁見を求めるなどと非礼極まる行為です。公卿達もさすがに眉をひそめ、皇太后に賛同する者はほとんどおりませぬ。されどこたびの件はあきらかに内裏側に非があること。その釈明もせずに同じ態度を取りつづければ、今度は主上のほうが非難されてしまいます」

「まさしく」

如子の説明に、今度は征礼が同じ言葉で同意した。

人にどう非難されようが、あの帝は気にするような人ではない。そんなことは特に征礼などは分かっているだろうが、だからといってそれで済ませられるわけもない。それでなくとも有任の赴任で臣下達から不信を抱かれているのに、ここにきて皇太后にまでそんな心無い態度を貫けば彼等の不信感は一気に増す。

二人のやり取りを聞いていた命婦が、ぼそりとつぶやいた。

「長橋局に責任を取らせて、さっさと罷免してしまえば良いのに」

命婦の憎々し気な物言いからは、日頃の鬱憤がにじみでていた。

通常であればそれで納まるだろうが、背景にある帝と皇太后の対立を考えれば事がそれで済むわけがない。

　卓子はいつものようににこにこして言った。

「そうなったら、みなさん喜びますけどね」

　思いがけない毒のある言葉に、荇子はぎょっとした。

　卓子自身は無邪気な反応で長橋局の攻撃をうまいこと躱しているが、他の女房やそれ以下の女官達に対する辛辣な態度は目にしていただろう。

　にしてもこの過激な発言にはちょっと驚いた。地方から出てきて間もない、ちょっと礼儀をわきまえない無神経なところがある無邪気な娘という認識は、もしかしたらあらためなくてはならないのかもしれない。

「ほんとよね」

　命婦が大きくうなずく。荇子ほどに卓子と親密ではないので、特に違和感も覚えていないようだ。

「いや、あの……」

「なんだ、そなたはちがうのか」

　とつぜん背後から聞こえた男の声に、振り返った荇子は言葉を失った。

　襖障子を開いた下長押の先に、帝が立っていた。清涼殿の西廂の並びは、南から鬼間、台盤所、朝餉間（あさがれいのま）となっている。その先に御手水間（おちょうずのま）、御湯殿（おゆどの）の上とつづく。

命婦はもちろんさしもの卓子も慌てているが、帝は二人の女房達は意に介さずただ苻子にむかって言った。

「長橋の横暴には、女房達も泣かされてきたと聞いている。これを機に馘首（かくしゅ）になればよいとは思わぬのか？」

尋ねるように言いながらも微妙に意地の悪さを含んでいるあたりが、いかにもこの御方らしいと苻子は思った。それにしても帝が、女房達の人間関係に関心を示していたことが意外だった。

「ちがうのか、江内侍？」

「長橋局を馘首にしたところで、皇太后さまの御気色は変わりませぬでしょう」

苻子は答えた。皇太后の目的が帝を屈服させることなら、長橋局程度の小物をクビにしたところで引き下がるはずがない。

確かにいなくなってもらったほうがせいせいするが、そうなのか？　と問われて素直にうなずくほど浅はかではない。だからこそ本音を聞かれた命婦は気まずげな顔をしているのだ。ちなみに卓子は皆が喜ぶとは言ったが、自分がどうかとは言っていない。それが計算なのか無意識なのか分からぬあたりが油断ならぬ娘である。

そのとき、襖障子のむこうから征礼の声が聞こえた。

「して内府典侍は、長橋局をいかようにご処分なさるおつもりなのですか？」

まるでこちらのやり取りが聞こえていたのかと思うような問いだが、征礼がちらりともわき目をふらない様子を見ると、どうやらそうではなさそうだった。

「それは後に決める話です。まずは内侍司の首席として、先に事の収拾に当たらなければなりません」

凛とした如子の声音が、荇子の胸にずんっと響いた。

荇子が如子の出仕に手を回したのは、彼女に対する友情だけではなく、長橋局を抑えてくれればという打算があった。

目論み通りそれは成され、荇子は悦に入った。

しかしそれは恩義として荇子のために成されたのではなく、如子の仕事に対する姿勢だったのだ。如子は荇子にとってのみ都合のよい上司ではなく、内侍司全体をよりよく統括する上司となろうとしている。

驚いたし、拍子抜けもしている。

けれど失望はしていなかった。生涯宮仕えを誓った身として、むしろ希望しかない。

胸が躍った。こんな頼りがいのある上司を手助けしないでどうする。

「まずは当てつけに髪を下ろしたりなどなさらぬよう、様子を見て参り――」

「あの！」

荇子は襖障子を開いた。

如子と征礼がそろって目を円くしている。隣でまあまあざわついていたと思うが、どうやらまったく気配を感じていなかったようだ。もっとも荇子の登場よりも、その先に立つ帝のほうにもっと驚いているだろうけど。

「荇子、どうしたんだ？」

「江内侍、なにかあるの？」

征礼と如子が同時に尋ねる。

荇子は下長押をまたぐようにして片手を床につき、ぐいっと身を乗り出した。ここに来る途中で思いついたことを口にする。

「皇太后さまが出家をお望みであれば、是が非でも叶えてさしあげてください」

夜更けに皇太后が髪を下ろしたという衝撃的な報せは、翌日の早朝には御所中に広まっていた。深夜に宣耀殿から読経が聞こえてきたと女孺などが証言していたが、それは皇太后の受戒の儀式だったのだ。

翌朝、荇子は如子に付き添って宣耀殿を訪れた。責任を取って最後まで見届けろと言われたからだが、それはちがうだろうと抗議をしたかった。荇子がしたのはあくまでも提案であって、それを実行するか否かの決断は別問題だ。

宣耀殿の御座所には、尼姿となった皇太后がいた。

豊かな黒髪は肩より少し長い位置で切り落とし、青鈍色の小袿に萱草色の袴。九条袈裟を羽織っている。かねてより考えていなければ、こんな完璧な装束は用意できない。

「こうしてあらためて拝しますと、彼岸の方になられたのだと胸にこみあげるものがございます」

廂の間から見上げるような姿勢で、如子はしみじみと述べた。

白々しいことこのうえない。

「そなたが勧めてくれたからですよ」

そう言った皇太后の眸は、出家した人とは思えぬ挑発的な光を放っていた。

昨晩、如子は皇太后のもとを訪ねて、帝を説得する手段として出家を促した。元々その気があった皇太后は、姪の誘いにあっさりと乗ったのだった。

「はい。叔母上のここまでの決意を目の当たりにすれば、上雑仕の件で負い目があるだけに、さすがに主上も御心を動かされるかと――」

「こうなると、あの内侍には感謝せねばならぬやもしれませぬね」

「ところで、折檻を受けた上雑仕の具合はいかがでしょうか？」

がらりと話題を変えた如子に、皇太后は不意をつかれた顔をする。それこそ露程も考えなかったことを問われたかのような反応だった。

「さあ、詳しくは存じません。下仕えあたりに訊けば知っているでしょう」

どうでもよいことのように皇太后は言う。如子の後ろで話を聞いていた荇子はすっかり胸が悪くなった。二陪織物の小袿から聴し色の僧形となった姿を目にしたときは多少心の痛みを覚えていたが、そんな感情はたちどころに霧散した。

この反応を、如子がどう受け止めたのかはわからない。斜め後ろから見る彼女の横顔からは感情の変化は読み取れなかった。

皇太后はどこまでも上機嫌だ。

「昨夜のうちに、藤侍従に遣いを出しましたよ。参内したらすぐに参るように申しつけましたので、そろそろ参るでしょう」

「蔵人を通すよりも、彼の方が頼りになりますものね」

「まったくです。北院家の嫡子殿も、さぞ歯痒い思いをしていることでしょうね」

それこそ声をあげて、皇太后が笑いかけたときだった。入ってきた女房が、征礼の訪問を告げた。

ほどなくして簀子(すのこ)に征礼が姿を見せた。御簾(みす)が下りているので、はっきりとした表情は分からない。荇子の提案を実行するのなら、さぞかし緊張しているだろう。そんな策があることなど考えもしていない皇太后は、ここぞとばかりに高圧的に言う。

「ようやく参りましたか。待ちくたびれましたよ」

「申し訳ございません。お話をうかがって、すぐに参ったのですが」

低頭した征礼の堅い口調を、緊張故と受け止めたのだろう。

道理を欠いた人事を諫(いさ)めるために参内した皇太后に、帝が礼を失した応対をした。そのあげく皇太后を出家まで追い込んだ。元よりこの人事にこぞって反対していた公卿(くぎょう)達は全員が帝を非難する。そうなればいくらなんでも帝も折れるはず――いまの皇太后の頭の中には、おそらくそんな目論みがあるのだろう。

征礼はひょいと顔を上げ、正面を見つめた。

「なにゆえ、かように早まられたことを……」

悲痛な声音で征礼は言うが、距離と御簾の存在を考えると、彼から皇太后の姿がはっきりと見えているかは怪しかった。

しかし皇太后は疑問を抱かなかったようだ。それどころか、してやったりと言わんばかりに口角を持ち上げた。

「なにを白々しい。身に覚えはあるでしょう」

「そのような……」

「言い訳は結構です。私の要件は昨日と同じ。主上にお会いできるよう、早急に取り計らいなさい」

「主上はお会いいたしませぬ」

皇太后の顔が目に見えて強張った。

聞き違えたのかという惑いの間のあと、興奮で頬が赤くなる。

「いま、なんと申した！」

「主上は、僧形の方にはお会いになれませぬ」

ならない、ではなくなれない。

それは僧形の者だからである。

「本日より水無月。神今食の準備がはじまります」

征礼の指摘に、皇太后は衝撃から身体を大きく揺らした。

水無月の十一日は神今食。新嘗祭と並ぶ、宮中の重要な神事である。その準備は水無月の朔日からはじまり、喪に服している者、並びに僧尼は参内を許されなくなる。

本地垂迹の考え方（仏が神の形態をとってこの世に現れるというもの）が主流となったいまでも、天照大神を祭る伊勢神宮では僧侶の訪いを許可していない。僧侶を『髪長』、経文を『染紙』とする独特の忌詞が存在するほどである。

「ですから、早まったことをと申し上げました」

淡々と征礼は述べる。ここで無念ぶってみせるのもわざとらしいし、さりとて嘲笑気味に言うほど性格は悪くない。

「ああ、なんということ……」

如子が悲痛な声をあげ、さっと口許を表着の袖でおおった。

「叔母様、申し訳ございません。私が迂闊でございました。まったく認識していなかったのです」

さも足をすくわれたかのような反応が、わざとらしくて笑える。あの袖の下できっとほくそ笑んでいるにちがいない。

呆然とする皇太后に、征礼は変わらぬ口調で告げた。

「御所を離れて長い皇太后さまが、神今食の掟を失念していたところで、それは致し方無きこと。早急にご退出いただければ、夜明けまでも戒師を留め置いたこと、並びにその形態で御所に滞在したことは不問に付すと主上は仰せです」

「そうか、やっと帰られたか」

皇太后の退出の報告を受けた帝は、小気味よさそうに言った。

帝は朝餉を食しながら、征礼からの報告を聞いた。陪膳役は如子で、台盤の横に控えている。荇子と征礼は横並びに、繧繝縁の平敷御座の前に座っていた。本来であれば荇子のような中臈は朝餉間に上がることは許されないのだが、つい最近まで上臈が一人もいなかった状況ではそんなことも言っていられなかった。

加えて報告の内容が内容なので、ひと目がある簀子でのやり取りは避けたのである。帝の居室である朝餉間は、もともとさして広くもない室なのに、そのうえ四人もの人間がいるのだから狭苦しい。

「まことに。これは江内侍の御手柄でございますわ」

帝と同じくらい痛快気に如子は言うが、荇子はとうてい喜ぶ気にはなれない。征礼も同じ気持ちなのか、いまいちうかない顔をしている。彼の性格を考えれば、だましうちのようなこのやり口は後味が悪いだろう。しかし皇太后の帝に対する無礼も相当なものだったので、これは妥当な仕打ちだったとなんとか納得したようだった。

そんな征礼も荇子の策を聞いたあとは、感心とも畏れいるともつかぬ口調で「お前、やっぱりすごいな」とは言ったのだが。

やっぱりというのは、如子の就任にかんして口利きを頼んだことを関連させているのだろう。姫宮臨終のさいの秘密をつかんだ荇子は、それを餌に征礼と帝を強請ったのだ。

「ところで、長橋局の処分はいかがいたしましょうか？」

がらりと話題を変えた如子に、帝はたちまち気のない表情になる。これは本当に関心がないのだろう。

「そなたが決めよ。内侍司首席はそなたであるのだから」

「ならば今回は減俸に留めておきましょう。厳しく言い聞かせたうえで、二度と他人に対して横暴なふるまいをせぬように誓約させましょう。今後同じこと、あるいは目に余る行為があれば罷免いたします」

てきぱきと如子は沙汰を述べた。騒動が起きてから処分を想定していたのだろう。でなければこんな迷いなく意見を言えるわけがない。

征礼は心配そうに荇子のほうを見る。長橋局の横暴に荇子が悩まされていたことを、彼はもちろん知っている。長橋局が罷免とならなかったことに、荇子が失望したのではと考えても不思議ではない。

しかし荇子は、かまわないとばかりに目配せで返した。

確かに少し前だったら、失望していただろう。しかし如子が来てから、女房達に対する長橋局の横暴なふるまいはすっかりなりをひそめていた。そのぶん下位の女官達への虐待が想像以上のものになっていて、そこに無関心だったことはやはり申し訳なかったと思うが、今回の件でそれも収まるだろう。

それに部下としては、如子が一度なら失敗を許してくれる人だと分かったこともほっとした。生涯宮仕えという目標を叶えるために、軋轢を起こさぬよう、粗相をおかさぬように慎重に慎重に日々を過ごしている。けれどこの先、一度も過ちを犯さないという自信はさすがにない。人間なら誰だって失敗をするものだから。

もちろん限度はある。失敗そのものより罪悪なのは、それから学ばず同じ過ちを繰り返してしまうことだ。

「そのうえでふたたび同じことをしたのなら、次は容赦いたしませぬ」

峻厳な響きを持つ如子の声音に、荇子はぴっと身を引き締めた。

2章

神今食（かむいまけ）

水無月に入り、ぎらぎらと太陽の照りつける日々がつづいていた。

これはもう完全に梅雨は明けたのかもと話しているところに、神泉苑では蓮の花が見事に咲いていると聞いて、いよいよ夏の盛りかと実感したりもする。御溝水くらいしか水場のない御所では、残念ながら沼地に浮かぶ蓮華を見ることはできなかった。

その日の昼下がり。内侍所での仕事も一段落し、物を整理しながら雑談を交わしているところに卓子が訪ねてきた。

「内府典侍さまは、こちらにいらっしゃいますか？」

如子は筆を止めて、卓子に目をむける。

「いるわよ。なにかしら？」

「承香殿の支度が整いましたので、確認をお願いします」

「分かったわ。いま行きます」

立ち上がった如子の唐衣は、薄紅色の平絹に唐花紋様を織り出した一斤染めの穀紗をかさねたもので、華やかで見た目にも涼し気だ。表着も五つ衣も白で揃え、袖口や裾からは草緑色の単がのぞく。

卓子とともに簀子に出た如子を見送り、内侍達は感嘆のため息を交えつつ語りあった。

「まるで紅蓮のような、艶やかさね」

「中宮様も威厳に満ちてお美しくあられたから、あれは南院家の姫君の御血筋かしらね」

「皇太后さまも、そのような印象だったものね」

「北院家の方々も美貌だけれど、あちらの方々はもっと雰囲気が柔らかいものね」

「弘徽殿女御さまがそうだし、先の中宮さまもそうだったわね」

　ここで言う先の中宮とは、先々帝の中宮である。十四歳で身罷った先帝には、中宮どころか妃すらいなかった。

「さて、今宵参内なさる承香殿の御方はどうかしら」

　どこか挑発的な含みのある弁内侍の発言に、内侍達はそれぞれに反応した。たしなめるように目配せをする者。好奇心に目を輝かせる者。面倒なことになりそうだと憂鬱な顔をする者。

　今宵。神今食の奉仕に先駆けて、先の斎宮こと太守の姫宮が参内する。

　卓子が言った承香殿の支度とは、彼女の局を整えていたことを指していた。高貴な方をお迎えするための設えの最終確認を、内侍司首席の如子に委ねたのである。

「だいたい誰が言いだしたのよ。室町御息所にそっくりな姫君だなんて」

「そうよ。内裏女房の中でも、御息所のお姿を拝したことがある者なんていないのに」

　先々帝の長子として御所で生まれ育った今上は、結婚と同時に元服を済ませて、外に邸を構えた。その後は自宅と妻の実家を行きかう日々だったから、御所には御息所の顔を目にした者はいないのだった。

「太守の姫宮の母君よ」

答えたのは内侍の中でも特に情報通の一人だ。

太守の姫宮と室町御息所の関係は、それぞれが母方の従姉妹同士である。つまり姫宮の母君は、室町御息所の実の叔母となる。

「ああ、それでお顔を存じておられるのね」

「それを内大臣が聞きつけて、手を回したというわけかあ」

「いまごろは弘徽殿も麗景殿も、穏やかではないでしょうね」

「後ろ盾が内大臣というだけでも脅威なのに、御息所の面影を受け継ぐ姫君だものね」

面白おかしそうに語る同僚達に、荇子はうんざりとしてたしなめる。

「やめてよ。お妃さま方も、最近ようやく静かになったところなのに」

「なにを言っているのよ。中宮さまが退かれたら、今度はどっちが中宮になるかで、どうせまたひと悶着起きるわよ」

身も蓋もない弁内侍の言葉に、荇子は反論を試みる。

「そうはいっても中宮位を返上させるなんて、現実には無理でしょう」

帝はその手段を検討するよう左大臣に申しつけていたが、有任の赴任をめぐって意見が対立したので、それ以上話は進んでいない。

中宮の廃后を目論むのなら、有任の中宮大夫職の解任は必須である。左大臣もそれ自体は反対していない。しかし陸奥への赴任となると、さすがに良心も咎めるようだ。同じ左遷でも都での別の官職、あるいはせめて畿内での職が妥当だろう。折り合いがつかぬままずるずると、中宮は御所を退いたあともその地位を保っている。

「そうね。それこそ古の時代みたいに、謀反か呪詛の罪でもきせないかぎりね」

「ちょっと、滅多なことを言うものじゃないわ」

さすがにこの発言は、年嵩の内侍が諌めた。次席の加賀内侍である。弁内侍は口許を押さえた。それでも懲りずに、隣の荇子に耳打ちする。

「今晩から、あわただしくなるわよ」

「……楽しんでいない？」

胡乱な目をむける荇子に、弁内侍は口角を持ち上げてにっと笑う。

「あたり前でしょ。こじれた他人の話題は、いつだって楽しいものよ」

太守の姫宮とその一行は、内郭の玄輝門から参内した。皇太后もそうだったが、女人の参内は北側から行われることが一般的だった。

荇子と弁内侍はともに如子に指名され、太守の姫宮の出迎えの為に門にむかった。

貞観殿の階下には、玄輝門にむかって筵道が敷いてある。簀子から階段を降りようとしたとき、御簾の間から卓子が飛び出してきた。

「江内侍さん、弁内侍さん」

「なにをしているの？　まだ自分の局に戻っていなかったの」

「女蔵人達はみんな残っていますよ。だって承香殿に入られたら、滅多なことではお顔を拝することなどできませんからね」

悪びれたふうもなく卓子は言う。つまり女蔵人達は太守の姫宮の顔を見る為に、仕事が終わったあとも貞観殿に残っていたということだ。

「あのね……」

「そりゃ、一目でもお姿を拝したいわよね」

女蔵人達の野次馬根性を呑気に肯定する弁内侍を、荇子は軽くにらみつけた。

「弘徽殿や麗景殿の方々の目に触れぬようにと、こちらからお入りいただくよう、せっかく典侍さまがご配慮くださったのに」

「無駄、無駄。絶対にどこかにひそんでいるって」

「弁内侍さん、さすがですね。ここにも麗景殿の女房方が二人ほど一緒にいますよ」

御簾内を指さして、卓子は声をひそめた。

経路として貞観殿から承香殿に入れば、両脇にある弘徽殿と麗景殿の者達の目には触れない。太守の姫宮への配慮はもちろんだが、恋敵の姿などなまじ目にしないほうが女御達も心穏やかに過ごせるから、というのが如子の言い分だった。

確かに太守の姫宮の姿を見たところで、女御達はなにもできない。できたところで、せいぜい行き先に汚物を撒くぐらいの嫌がらせが関の山だ。それとて自分達の評価が下がるだけの愚行である。

妃嬪が複数の氏族から送り込まれていた時代なら、奸計を巡らせてその地位を剝奪するなどの謀略もあった。しかし藤家の娘達が后妃の地位を独占している現状では、そんな過激なことも起こらない。まして堕胎薬や避妊薬をひそかに服用させるなどの物騒な話は、この国の後宮では聞いたことがない。

あれこれと無駄話をしているうちに、玄輝門をくぐって先導役の女房が姿を見せた。その後ろには左右で几帳を抱えた女房達がつづく。二つの几帳に挟まれた中に太守の姫宮はいるはずだった。

を迎える。

「うわ、もういらっしゃった」

あわてて階を下りる弁内侍のあとに荇子もつづく。筵道に降り立って、二人並んで一行を迎える。

「ようこそ、おいでくださいました。私は江内侍と申します。こちらの者は同じく内侍で弁と申します。これから皆さまを御局にご案内いたします」

こういう場合は、経験年数で上回る荇子が挨拶をするのが常だった。荇子の横で弁内侍が黙礼する。

「お世話になります」

先頭に立つ女房が言った。彼女の陰に隠れて、太守の姫宮の姿は見えない。几帳でおおわれているから横から見ても同じだろう。張りきって残っていた女蔵人達、紛れこんでいるという麗景殿の女房達も、さぞかし拍子抜けしているであろう。おそらくだが、どこかで様子をうかがっているであろう弘徽殿の者達も……。

そのまま弁内侍と並んで、貞観殿、常寧殿と抜けて承香殿まで案内する。

承香殿は馬道（この場合は土間）によって東西に区切られており、太守の姫宮に用意された局は西面のほうだった。

馬道から階を上り、廂から母屋に入る。ここで女房達がようやく目隠しの几帳を下ろしたので、太守の姫宮のほっそりとした立ち姿が明らかになる。白の唐衣と紅の表着。五つ衣は紅の薄様。水辺に咲く花菖蒲を描いた蝙蝠をかざしているので、その顔はまだ見えない。

空薫物が燻る室内には、胡粉で夏藤の花を描いた生絹の帳。白と紅の蓮華の花を描いた四枚綴りの屛風。螺鈿細工の二階厨子が設えてある。どれもこれも趣味の良い一級品ばかりだ。

「太守の姫宮様のお席は、こちらに」

荇子が示したのは、高麗縁の畳を敷いて作った御座所である。

先導役の女房が身体を反転させて、背後に立つ主人を見る。太守の姫宮は小さくうなずき、蝙蝠を持つ手をすっと下ろした。

ついにその顔貌があらわになる。

爽やかな笑顔を湛えた、夏に花開く紫薇を思わせる女人だった。

鶏卵形の小さな顔に形のよい鼻梁。涼やかな眼元と引き締まった口許。目鼻立ちのひとつひとつは大人びたものなのに、どこかにあどけなさが残る。如子や中宮のような絶世の美女ではないが、朗らかな印象の佳人だ。

「ありがとう」

心が洗われるような清らかな声は、まるで風鐸の音のようだった。

思ったよりもずっと気さくで感じのよい姫だと、荇子が安心したときだった。

女房達をかき分けるようにして、四十歳前後の女人が歩み出てきた。

彼女は太守の姫宮の横で立ち止まると、まるで値踏みでもするような高圧的な眼差しを荇子達にむけてきた。

（なに？）

初対面の相手に対するものとは思えぬ態度に不快を抱きつつも、はて、誰であろうかと荇子は首を傾げた。

「お母さま」

太守の姫宮の呼びかけに、荇子と弁内侍は目を見合わせる。姫宮の母ならば、上総太守の夫人だから太守妃である。

（え、母親がついてきたの？）

実母の付き添いは入内であればとうぜんのことだが、今回はあくまでもただの参内である。太守妃のように高貴な身分の婦人がわざわざ足を運ぶほど大袈裟なことではない。

驚きつつも、荇子はひそかに太守妃の姿をうかがった。

顔立ちそのものは姫宮とよく似ていたが、こちらを見下すような態度には、娘が持つ朗らかさや可愛げは微塵もない。目鼻立ちはよく似ているのに、これほど印象のちがう顔があるものだろうか。

不快の念を抱いたまま、太守妃がなにか言うのを荇子と弁内侍は待った。しかし彼女はなにも言わない。まるで荇子達が気付くことがとうぜんの責務であるかのように冷ややかな視線をむけてくる。

やがて見兼ねたように、太守の姫宮が口を挟んだ。

「ごめんなさい。御手数だけど、お母さまのための席を準備してもらえるかしら」

「これは申し訳ありません。気づかずに」

そう言ったのは荇子でも弁内侍でもなく、御簾を割って入ってきた如子だった。実は彼女は承香殿の東面に局を賜っていた。唐衣裳装束をまだ解いていないから、自分の局に戻る前に様子を見に来たのだろう。

とつぜん現れた絶世の美女に、太守の姫宮はもちろん、太守妃も女房達も全員がぽかんとなる。もとより他人のそんな反応に慣れっこの如子は、いっさい態度を崩さない。

「行き届かず申し訳ありません。至急準備をさせますので」

如子の言葉で、先ほどの太守妃の不審な態度に合点がいった。

彼女は自分の席が用意されていなかったことに、立腹していたのだ。指摘されればこちらの落ち度であるが、母親が同行するとは聞いていなかったのだからしかたがない。それをこれ見よがしに前に出てきてにらみつけるなど陰湿極まりない。

そのくせ席を準備をすると申し出た如子には、感心も感謝もなくあからさまに胡散臭い顔をしているのだから、まったく矛盾している。

もっとも、気持ちは分からないでもなかった。

内大臣が太守の姫宮の入内を考えているのなら、とうぜん太守妃にも話を通しているはずだ。帝にこんな絶世の美女が仕えていると知ったら、心穏やかではないだろう。荇子としては太守妃に対する反発もあり、ざまあみろ、という気持ちにはなったが。

「まあ、なんとお美しい方かしら」

屈託のない声をあげたのは、太守の姫宮その人だった。

「私、こんなにきれいな方にはじめてお目にかかったわ。これほど美しい方がいらっしゃるだなんて、さすが御所ね」

嫉妬はもちろん気圧されることもなく、まるで満開の牡丹でも称えるかのように如子の美貌を素直に称賛している。

「ねえ、みんな。そう思わない」

無邪気に同意を求められ、太守妃をはじめ他の女房達は、毒気を抜かれたようにしぶしぶと相槌をうつ。

不思議なものだと、しみじみ荇子は思った。

多少顔立ちが整っていたところで、如子の圧倒的な美貌の前では、たいていの女人はかすんでしまう。

しかし太守の姫宮はちがっていた。

彼女の明るさと品の良さ。爽やかで可愛らしい容貌が、如子のような華やかな女人の前ではむしろ際立つ。それこそ一人でたたずんでいるときよりも、ずっと。

如子を前にしても太守の姫宮からは微塵の嫉妬も揺るぎも感じないのは、ひょっとして彼女が己の美質を理解しているからではないのだろうか。

（室町御息所も、こんな感じの方だったのかしら？）

良い意味で自分に自信があるから、他人の価値観に左右されない。そんな人柄の持ち主だから、本来であれば前の左大臣にいいように利用されるだけで日の当たらぬ存在だった今上と仲睦まじい夫婦でいられたのではないか。そして今上の心を、いまでもあれほど強く摑みつづけている。

太守妃のための御座所を整えるべく、荇子と弁内侍は動きはじめた。それを目にした太守の姫宮が、奥にむかって声をかけた。

「葛(かつら)、お手伝いしてさしあげて」

浅紅の唐衣を着けた若い女房が立ちあがった。荇子と同じくらいか、もう少し若いかもしれない。他の御付きの女房達がやや年嵩(としかさ)で洗練された印象であるのに比して、彼女だけは素朴(そぼく)さの残るあどけない印象の娘だった。

そのあと葛も交えて、荇子と弁内侍は太守妃のための御座所を整えた。

手早く作業を終えたあと、姫宮と太守妃に席についてもらう。そのうえであらためて如子が挨拶をする。

「私は内府典侍(ないふのすけ)と呼ばれております。太守の姫宮様。どうぞなんなりとお申し付けくださいませ」

「こちらこそ、よろしくお願いします」

太守の姫宮が返したとき、西廂(にしびさし)との御簾(みす)に大きな人影が浮かびあがっていることに荇子は気付いた。立ち上がって御簾をかきわけると、廂には征礼(まさゆき)が立っていた。

「どうしたの？」

「太守の姫宮にお伝えしてくれ。これから主上(おかみ)がお渡りになられる」

荇子は目を見張った。背後で女房達がざわつきだす。伝えるまでもなく、征礼の声は母屋の者達に聞こえていたようだ。御簾から手を離して向き直ると、弁内侍も含めた女房達もすでにあわただしくうごきはじめていた。

「すぐに準備ができるから、もうお呼びして大丈夫よ」

「分かった。お連れする」

征礼は踵(きびす)を返し、反対側の御簾を突き破るようにして簀子(すのこ)に出ていった。

いったん元の場所に戻ると、如子が小声で「私、もう休もうと思っていたのよね」と言った。帝からも下がってよいという許可が出たから、承香殿まで戻ってきたのだろう。隣だからと様子見に顔を出したのが不運だった。

「お気の毒でしたね。なんでしたら私と弁内侍で対応しますよ」

「なにを言っているの。こんな見物を見逃す手はないでしょ」

あまりにもいつものつんとした調子で言われたので、一瞬聞き違えたのかと思った。しかし如子は平然としたまま、あれこれと指図をしている。太守の姫宮についてきた女房達は御所の勝手が分からないからやむを得ない。

そういえば彼女達は宮家(みやけ)の者なのだろうか、それとも内大臣が手配した者達なのだろうか？　太守の姫宮が真っ先に呼びかけた葛という女房だけは近しいように思えたが、他の者達はちがう気がする。

そんなことを考えているうちに、帝が母屋に入ってきた。参内(さんだい)を耳にするなり自ら足を運ぶとは、結局は謁見の叶わなかった皇太后への対応とはえらいちがいだ。

太守の姫宮は、母親と並んで几帳の陰にいた。

二藍の御引直衣の裾を引きつつ御座所に歩み寄った帝は、腰を下ろす前にちらりと几帳の先に目をむけた。几帳は小ぶりな三尺几帳。長身の帝であれば、そのつもりはなくとも太守の姫宮の姿は見下ろせるはずだ

その行為自体は偶然だったのだろう。高貴な女人の姿を盗み見るなど、およそ天子の行いではない。あんのじょう帝は「しくじった」とでもいうようにあわてて目を伏せようとする。しかしその前に、まるで縫い付けられたように彼は身動きを封じられた。

銀細工のように熱のない白皙の顔に、あきらかな驚愕の色が浮かんだ。

「とう…こ?」

震えた唇から漏れ出た名前を苻子は知っていた。

五年前に亡くなった、室町御息所の名である。

面差しを受け継いでいるというのは、誇張ではなく本当の話だったようだ。

よほど驚いたとみえ、帝は信じられぬほど不躾に姫宮の顔を見つめている。それでは太守の姫宮も反応に困ろうと、苻子はやきもきしたのだが——。

「ご無沙汰しております、お兄さま」

弾むような太守の姫宮の声が、母屋に響いた。

彼女は女童のように、邪気のない笑顔を浮かべていた。


室町御息所と太守の姫宮の祖父にあたる、亡き中納言には二人の姫がいた。

姉が参議と結婚し、妹が上総太守、すなわち親王妃となった。前者が室町御息所、後者が太守の姫宮の両親である。

当世では、貴族の結婚は招婿制がほとんどである。よって子供は母方の実家で育つ。帝の外戚が宮中で強い権勢を振るえるのも、この慣習によるところが大きい。

二人の娘を持つ中納言家は、二人の婿を迎えていたことになる。

もちろん正式な夫婦であれば、ある程度のところで夫婦の為の邸を構える。しかし姉姫はその前に亡くなってしまったので、室町御息所は母方の祖父母に育てられた。

室町御息所は従妹である太守の姫宮の誕生を同じ邸で見守り、実の妹のように可愛がった。また太守の姫宮も御息所を「お姉さま」と呼んで慕っていたということだった。

やがて室町御息所と、当時は親王だった帝との結婚が決まる。

これをきっかけに、室町御息所の父親宅への転居が決まったのだが、邸の修繕やらなんやらの作業が必要で、その間だけ帝は中納言家に通っていたのだという。

お兄さま、という親し気な呼びかけは、どうやらそのときの名残(なごり)であるらしい。

もちろんすぐに太守妃にたしなめられ、無邪気な姫宮はすっかり恐縮し『ご無礼を、主上』と言いなおした。それを受けて帝は『気にせずともよい、懐かしい呼び方だ』と鷹揚(おうよう)に返したのである。

この話は、たちまち御所中に広がった。しかもあろうことか帝が「薫子(とうこ)」と亡き妻の名をつぶやいたことまで、知れ渡っていたのだ。

台盤所(だいばんどころ)で女房達の話を聞いたあと、内侍司に戻って荇子はその件を口外したのかどうかを弁内侍に尋ねた。

「私は言っていないわよ」

むすっとして弁内侍は否定した。別に口止めをされたわけでもないから怒られる謂(いわ)れもないのだが、あまり趣味が良い行為とは言えない。

「でも、私も言っていないのよ」

「え、じゃあ典侍(ないしのすけ)さまが？」

弁内侍は意外そうに言ったが、あれで如子はあんがいに俗物(ぞくぶつ)的である。でなければあんな言葉——なにを言っているの。こんな見物を見逃す手はないでしょ——が出てくるはすがない。

「私ではなくてよ」

二人で話しているところに、如子の花の顔(かんばせ)がにゅっと割りこんだ。

荇子と弁内侍は驚いて、二人同時に上半身をのけぞらせる。その間に如子は、ちゃっかりと二人の間に腰を据える。唐衣はこの季節にふさわしい紫苑(しおん)のかさね。唐花紋様を織りだした薄紫の穀紗(こめしゃ)の下に、深緑を思わせる青をかさねる。

「口外したのは太守の姫宮付きの女房方で、それを得意げに触れ回ったのは内大臣(ないだいじん)よ」

「え？」

「ああ、そういうことですか」

きょとんとする荇子の横で、弁内侍が先にうなずく。一瞬の惑いのあと、遅れて荇子も合点(がてん)がいった。なるほど。やはりあの女房達は内大臣が差配した者達だったのだ。

太守の姫宮が不慣れな宮中でうまくふるまえるように、あわよくば帝の目に留まるように誘導するために付けられたのだろう。まさか初日に帝が足を運ぶなどと、内大臣も想像すらしていなかっただろうが。

「浮かれる内大臣に比しての、左大臣の仏頂面(ぶっちょうづら)もなかなか見物だったわよ」

公卿(くぎょう)達を平然と皮肉る如子の度胸には本当に畏(おそ)れ入る。

「どこで見ていらしたのですか？」

「鬼間よ。今日の陣定は殿上間で行われていたから、窓から覗けたわ。なんでも信濃の国から百姓が解文（この場合は個人の上申書）を持ってきたんですって」

「今度は信濃ですか？」

がらりと変わった話題に、半ば呆れたように弁内侍は言った。

「ええ。陽明門の前で待ち構えていたそうよ。あやうく衛士に追い払われそうになったそうだけど、たまたま通りかかった頭中将が受け取って上奏したのですって」

「頭中将が？」

弁内侍は意外そうだ。直嗣のような貴公子が、地方からやってきた百姓をかまうなどにわかには信じられないだろう。

しかし荇子は、直嗣があれであんがい善良なことは知っている。

遠路はるばる上京してきた百姓達は、おそらく薄汚れた風采であっただろう。一般的な貴族であれば忌避したがる。直嗣が同じであってもなにも驚かないが、さりとて義憤にかられてかばいだてしたと聞けば、それもなんとなく納得ができる若さの持ち主だった。

「あれで意外と、正義感が強いのかしらね」

冷ややかに如子が言った。実家の対立以外に色々と経緯があり、如子は直嗣のことを毛嫌いしている。

「言ってもまだお若いですから。あのお歳で訴状をもみ消せるほど老獪では、将来が怖いですよ」

かばうつもりではないのだが、直嗣に対する素直な印象を荇子は述べた。雅やかさが鼻につく貴公子だが、若さと育ちの良さゆえか実は純真なのだ。如子は言葉でこそなにも言わなかったが、なんとなく合点がいった顔をしていた。

弁内侍が言った。

「それにしても受領達の強欲っぷりには呆れますよね。この間も、陸奥から訴えられたばかりなのに」

「信濃のほうの訴状の内容は、まだ分からないわ。まあ、十中八九は陸奥国と同じようなものでしょうけど」

はなから苛政だと決めてかかる弁内侍を苦笑交じりにたしなめたあと、如子はふと表情をあらためた。

「まったく、陸奥国のほうもまだ片がついていないのに……」

なにかを含んだような物言いに、荇子は如子を見た。

有任の赴任はまだ決まっていない。いや、帝がそう命じたのだから決まってはいるのだろうが、臣下達が抵抗して膠着した状態だ。有任自身は一刻も早く罷申（地方官が任地に赴く前に参内すること）をと申し出ているらしいのだが――。

　もしかしたら如子も、うっすらとは気づいているのかもしれない。今回の急な赴任の裏に、中宮と有任の不貞があるということを。

　もとより藤壺の者達は、中宮と有任が主従以上の関係であることは察していたようだった。ただ確証を得ていたわけではなかったし、帝との関係はすでに破綻していたので誰も騒がなかったのだろう。

　けして口には出さないが、帝がその件を知ったのだと、如子と征礼は理解したのかもしれない。だからこそ有任の陸奥赴任にかんして、二人ともこれほど諦観した態度を取っているのではないか。

　しかしその二人ですら知らない、けして誰にも明かせぬ中宮と有任の秘密を、自分は帝と共有している。そのことを自覚する度、荇子はめっぽう気が重くなるのだった。

　それから二、三日。承香殿の周辺は騒々しかったらしい。

　休みの日。荇子が局でくつろいでいると、籠盛りの枇杷を持って卓子が訪ねてきた。顔見知りの若い諸大夫にもらったのだという。爽やかな香気を放つ橘の花のような美少女と評判の卓子は、官吏からの人気が絶大だった。ゆえに彼等から時たま差し入れなどをもらっているようだった。ちょうど仕事が一段落したので、荇子のところまで御裾分けに来てくれたのだという。

「藤侍従さんにも差し上げてください。先ほどお会いしたので、こちらに取りにきてくださるようにお願いしましたから」

向かいに置いた円座に腰を下ろしながら、卓子は言った。

袴を汚さぬよう、膝に麻布を広げて萱草色の果実をつまむ。時期的にはもう終わりがけであと少しで腐乱するというぎりぎりのところだが、そのぶん完熟してすごく甘い。

ひとつ食べ終えたところで、卓子が承香殿、というか太守の姫宮の話を口にした。

「弘徽殿と麗景殿の雑仕が、なんとかひと目でも太守の姫宮の顔を見ようと承香殿の周りをうろついているので、そのたびに典侍さまが、虫でも払うかのように追い出しておられるそうです」

痛快だとばかりに卓子は語るが、想像して荇子は雑仕達が気の毒になった。本当に虫に対するように、冷ややかに追い払ったことは想像に難くない。あるいは如子はこうなることを想定して、太守の姫宮を自分と同じ承香殿に入れたのではあるまいかとも思う。

「意味のない話ですよね。お姿を拝したところで、しょせん同じ顔にはなれないのに」

「主上のお好みの女人を分析して、できるだけ近づこうとしているのではないの？　顔の造作は無理でも化粧や衣装を寄せることはできるわ」

「だとしても、血縁である太守の姫宮以上に御息所に似ることなど不可能ですよ。ならばまったく別方向からの御自分の魅力を示威したほうがよくないですか？　というか二人の女御様方は、それぞれにご寵愛されておいでなのに」

しごく真っ当な卓子の言い分に、荇子は枇杷にかぶりつくことで返事を避けた。

そうじゃない。表向きはどれほど取り繕っていても、帝は二人の女御達を愛してなどいない。もちろん御所を下がった中宮に対しても同じである。

帝が本当に愛した女人は、亡き室町御息所のみだ。

亡くなったことで永遠の存在となったその女人には、他の女人達がどれほど抗おうと敵うはずもない。

「そうよね。似せることなど無意味よね」

ぽつりと答えたあと、荇子は口許を懐紙で拭った。

「あれ、もう食べないのですか？」

「あんまり食べるとおなかを壊すわよ」

「そんなに食べてもいないじゃないですか」

不服そうに卓子は言うが、十四歳の食欲と一緒にされても困る。

「だって征礼のぶんも残して——」

言い終わらないうちに外から、がしゃがしゃと玉砂利を踏む音が聞こえてきた。

「あ、藤侍従さんが来ましたね」

卓子が言ったが、この暑い中をわざわざ庭を歩いてきたのかと呆れる。

荇子は御簾をずらして外を見た。征礼は高欄から少し離れた場所で、民部少輔・禎生と立ち話をしていた。真面目な顔から、おそらく仕事の話をしているのだろう。中とは言わないが、せめて屋根がある簀子で話せばいいのにと単純に思った。

「最近、あのお二人よく一緒にいらっしゃいますね」

隣で卓子がぼそっと言った。いつのまにか荇子の横で御簾の先をのぞいていた。

「そりゃ、友人だから」

「でも民部省の方は、御所での業務はあまりないと思うのですが」

「御所に恋人でもいるのではないの？　民部少輔はもてるから」

「ですが数か月前に麗景殿の女房と別れて以来、これといった方はいないようですよ」

「なんで、そんなことまで知っているのよ」

「女房のほうが未練たらたらで、なんとかよりを戻したいと色々と探っていたそうです。ここ数か月、民部少輔さんは御所には姿を見せなかったでしょう。ですからどこかの姫君に手を出しているのではと、僕を使って探らせていたそうです」

平然と卓子は説明をするが、普通に考えてその女房が怖すぎる。

「民部少輔さんの昨年の賀茂祭での晴れ姿がとても凛々しかったということは、女嬬達から聞きました」

宮仕えをはじめて数か月の卓子は、去年の賀茂祭のことは知らない。荇子も目にしたわけではないが、禎生の美貌が話題となったことだけは覚えている。

ぼそぼそと言いあっているうちに、話を終えた征礼が高欄の間近までやってきた。そうして御簾の間からこちらを見ている荇子を見つけてくすっと笑う。

「じゃあ、俺はここで」

禎生の言葉に、征礼は頭を下げた。

「ありがとう。こたびの件には本当に感謝しているよ」

「なにを言っているんだよ。もともと俺の仕事だよ」

そう応じた禎生からは、照り付ける日差しにも負けぬ力強さと爽やかさが満ち溢れていた。なるほど。これは件の女房が未練を断ち切れぬのもうなずける男ぶりだ。昨年の賀茂祭で女人達の衆目を集めたのも分かる。左大臣家嫡子・直嗣のような高嶺の花ではないから、女房達も気軽に恋を仕掛けられるだろう。

　立ち去ってゆく禎生の背中を見送ったあと、征礼は簀子に上がってきた。中に入るかと思ったが、そう長居はできないのでここでいいと言った。荇子は下長押越しに、籠盛りを差し出した。

「忙しそうね」

「そういうわけじゃなくて、源大夫の件とか動かない問題が多かったからな」

「でも民部少輔に仕事を依頼するぐらいなんでしょう」

枇杷を頰張っていた征礼はきょとんとなる。先程の自分の発言に自覚がなかったのかもしれない。征礼は頰を膨らませたまま荇子を見つめ、だがすぐに視線をそらして、もごもごと口を動かしながら嚥下を終える。

「――そんな大袈裟なことじゃないさ。ちょっと調べ物を依頼しただけだから」

　さらりと征礼は答えたが、それで〝本当に感謝している〟というのは、それこそ大袈裟すぎやしないか。

　とはいえ荇子には、他人の仕事のことを根掘り葉掘り聞くつもりはなかった。下手に追及をしたり、あるいは深入りをしては余計な火の粉をかぶりかねない。それは図らずも姫宮と若宮の秘密を知ったことで痛感している。

触らぬ神に祟(たた)りなし。

「そうなんだ」

どうということもないように荇子は答えた。征礼は黙って二つ目の枇杷をかじった。しゃくしゃくとした咀嚼音(そしゃくおん)が次第に小さくなってゆく。

「あ、そういえば……」

半分残った枇杷を手に、征礼は言った。

「源大夫の赴任(ふにん)が保留になった」

予想もしない報告だった。卓子が「とうとう主上が、左大臣の説得を受け入れられたのですか?」と尋ねた。

「いや、内大臣(ないだいじん)だ」

「え?」

「今朝になって内大臣がその話題を持ち出されたところ、主上がすぐに了解なされた」

淡々と征礼は語ったが、荇子はあ然となった。

確かに有任の赴任にかんしては、内大臣も異を唱えていた。というより臣下の全員が反対をしていた。

けれど誰がなにを言おうと、帝は耳をかさなかった。しかたがない。なにせ有任は中宮と不貞をなし、あげくに子までもうけてしまったのだから。この程度で済んで御の字だったぐらいだ。

だというのに、それを許す？

正確に言えば保留だが、いったいどういうつもりで帝はそんなことを。

「それって、やっぱり太守の姫宮の影響ですか？」

荇子の気持ちを代弁するように卓子が訊いた。

太守の姫宮に心を惹かれた帝が、後見役である内大臣の意見を受け入れた。そう考えることに無理はない。

征礼は、残った枇杷を咀嚼しながら首を揺らす。そうして嚥下を終えたあと、あらためて「そんなわけがない」とだけ言った。

翌朝、荇子はまず内侍所に出勤した。

中宮大夫・源有任の陸奥国赴任が保留になったという話題は、すでに内侍達の間にも広まっていた。

午前の仕事を終えてのひと休みの最中も、その話題で持ちきりだった。

「良かったわね。このままじゃ、あまりにもお気の毒すぎるもの」

「それにしても恐るべきは、太守の姫宮の影響力ね」

それが本当だとしたら、左大臣は面白くないだろう。

いっぽうで内大臣からすれば、予想以上の収穫だったはずだ。まさか帝がそこまで太守の姫宮に関心を持つとは考えていなかっただろう。これは色々と画策した甲斐があったというものだ。

いまや御所に出入りする者達は、老若男女問わずみなが承香殿に注目している。

身分柄、太守の姫宮が外に出ることはない。それはとうぜんのことなのに、姿が見れぬことにいらだった女御付きの者達などは、鄙びた伊勢にいたときの気持ちが未だ抜けぬのでは、などと意地の悪い陰口を叩いたりもしているらしい。

ひとしきりお喋りを終えたあと、苻子は腰を上げた。

「じゃあ私は、台盤所に行ってくるわね」

午後からは奉仕当番になっていた。

「いってらっしゃい」

同輩達の見送りを受けて、苻子は表に出た。

渡殿から承香殿の簀子を進んでいると、少し先の妻戸から内大臣と、彼を見送るように小袿を着た女人が出てくるところを目にした。狭い簀子ですれ違うこともできず、荇子は少し離れた場所で彼らが立ち去るのを待っていた。あちらは荇子の存在には気付いておらず、こうして待っているというのに呑気に立ち話をつづけている。

女人は太守妃だった。青丹色に幸菱文様を織り出した小袿に、袖口からは纁色の単をのぞかせている。

「内大臣には、まことに尽力していただき……」

荇子ははっとして耳を澄ます。反応したのはいたって平凡な礼ではなく、太守妃の声音にだった。彼女の口ぶりには、この季節の驟雨直前の空気のように肌にまとわりつく不快な粘っこさがあった。

「それを申すのであればこちらこそ。主上が私の進言を受け入れてくださったのは、姫宮の覚えのおかげですよ。同じことを何度繰り返しても、左大臣はずっと袖にされていたというのに」

それが左大臣と内大臣の差であり、弘徽殿女御と太守の姫宮の差でもある。

そんな意を暗に匂わせるように、太守妃は哄笑した。

「姫宮が『お兄さま』などと無礼を申したときは青ざめましたが、それだけ主上のことを慕っているという証。幸いにして帝も好意的に受け取ってくださったようです。姫が入内することで主上の御心が少しでも慰められるのであれば、亡き姪も草葉の陰で喜んでくれるでしょう」

ここまで聞いた段階で、荇子はこの簀子を通ることを諦めた。

迂回するためにいったん踵を返す。二藍の表着を引き上げて、衣擦れの音を立てないように注意する。あんなところで話しているぐらいだから聞いたところで咎められはしないだろうが、さりとてこんなくだらないことで顔を覚えられたくはない。

――ご無沙汰しております、お兄さま

屈託のない太守の姫宮の言動と、先ほどの太守妃の言葉が重なる。

荇子は眉を寄せる。なにが無邪気だ。あざというえに野心満々ではないか。

「ええ、もちろん」

太守妃の声が聞こえた。いい気になっているのか興奮しているのか、どんどん声が大きくなっている。親王妃とは思えぬ品のない女人だと、荇子は心の中で蔑んだ。

「女人の幸せは、なんといっても結婚でございます。人々からかしずかれ、良き伴侶を得てこそ幸福になれるというもの」

距離があるのを良いことに、荇子は小さく舌を鳴らした。太守妃の主張は世間一般の常識ではあるが、結婚に対する嫌悪が強い荇子は必然的に反発をしてしまう。

私は私。誰がどんな価値観を持っていようと、どうでもよい。

そう割り切ることができたのなら、ここまで不快にはならなかった。

別に結婚に未練があるわけではない。

さりとて誠実に恋愛をしたのなら、行きつく先が結婚であることは否めない。

結婚に猛烈な拒否感を持つ荇子にとって、恋愛をすることは罪にも等しい。相手に対してあまりにも不誠実だと思うからだ。

結婚をしないと決めたことは、恋愛への拒絶につながる。

それを承知した上でも、荇子の結婚に対する嫌悪は、地に根を張り巡らせた竹のように頑として揺るがない。

世の常として、いつか征礼も妻を迎えるだろう。それを考えると胸がちりちり痛む。自分には阻む権利も止める権利もない。それでもその日が一日でも遅ければよい。身勝手を承知で、そんなことを考えてしまう自分を本当に浅ましいと荇子は思うのだった。

「姫宮は健やかに過ごしているのか？」

帝からそう問われたのは、夕方の朝餉の陪膳をしているときだった。

帝の食事は大床子御膳と朝餉御膳の二種類がある。前者は内膳司が準備する儀式的な食事で、後者は御厨子所により用意される実質的な食事である。

朝餉はその名の通り、朝餉間にて食する。その陪膳役として、荇子は帝の傍に控えていたのだ。

荇子は提を手に、きょとんとする。

二藍の御引直衣が西日を受けて、若者の装束のように赤みを帯びて輝く。室町御息所と出会った頃の帝は、こんな若々しい色の直衣を着けていたのだろうかと思った。

「申し訳ありません。あちらには女房方も大勢いらっしゃいますので、安心して特に気にかけたことはございませんでした。のちほどご様子をうかがって参ります」

「いや、そこまではせずともよい」

さらりと返した帝に、荇子は言葉を呑み込んだ。

いや、気になっているよね？　そう訊き返したかったが、さすがにそんな非礼は言えない。

「いずれにしろ太守の姫宮様には、小忌衣をお届けせねばなりませぬゆえ」

小忌衣とは、神今食と新嘗祭に使う一種の浄衣である。素材は生成りの麻布。形は数種存在するが、陪膳采女（うねめ）のみならず神事の参加者は全員着用することになっている。それが明日仕上がる予定になっていた。

「さようか。ならば、そのときになにか不自由はないか訊いてまいれ」

「承（うけたまわ）りました」

「まことに血の縁とは、恐るべきものだな」

「さように似ておいでですか？」

独り言に耳聡（みみざと）く反応した荇子に、帝は木箸（きばし）を持つ手を止めた。国風（くにぶり）の膳である朝餉の箸は木製。食器は土器（かわらけ）である。対して大床子御膳は箸も食器も銀製だった。

「……その、室町御息所に」

「ああ、そっくりだ。驚いた」

てらいも、もちろん気持ちを偽ろうとする気配もなく帝は答えた。

やはり帝は、太守の姫宮に関心を持っているのだろうか。亡き人の血と、その人形（ひとがた）を受け継ぐ姫君のことを。

二人の女御のことを思うと気の毒だが、それで帝の心の空虚が少しでも埋まるのならそれは良きことだと荇子は思った。

「姫宮さまではございませぬが、御母君の太守妃ならばお見掛けいたしました」

荇子は先程目にした光景を語った。

「内大臣とお話をしておられました。その内容から推察するかぎりでは、姫宮にはなにも障りはないものと存じます」

「なるほど、内大臣とか」

苦笑交じりに帝はつぶやいた。

「さぞかし上機嫌であっただろう」

独り言のように告げられた帝の言葉を、荇子は内大臣に対するものだと思った。

しかし——。

「まったく虫のよい話だ。息子がいるうちは、娘などかまいもしなかったくせに」

太守妃に対する辛辣な指摘に、荇子は目を見張る。

少しして合点がいった。

なるほど、あの二人はそういう母娘関係だったのか。言われてみれば、承香殿でのやりとりもどことなくぎこちなかった。高貴な方の母子関係などそんなものだろうとあのときは納得していたが、仲睦まじい母子でいるには気性がちがいすぎる。

「薫子がよく言っていた。いくら男子が可愛いからといって、あれでは姫が可哀想だと」

こちらが訊いてもいないのに、珍しく帝の口数が多い。

太守の姫宮には四つちがいの弟がおり、太守妃はこの息子を溺愛するあまり娘のほうをかなり粗略に扱っていたということだった。同じ邸で暮らしていた室町御息所は、叔母のわが子に対する偏愛ぶりを目の当たりにしていたので、母親から顧みられぬ従妹に深く同情していた。帝の耳にまで入っているぐらいだから、きっと目に余る程ひどかったにちがいない。

室町御息所が父の邸に移り、祖父母が身罷ったあとの母と弟が暮らす邸は居心地が悪いばかりで、伊勢行きは太守の姫宮にとってむしろ幸いだったのかもしれない。しかしその弟は先帝の崩御とほぼ同じ頃に亡くなり、帰京した太守の姫宮は母親と二人で暮らしているのだと言う。

別に驚かない。

后がねとして娘が求められる高貴な家をのぞけば、世間はおおむね跡継ぎとしての男子を尊重する。皇室などその典型だ。それに性別とは関係なく、親の子に対する偏愛というものは存在する。実際に荇子はそれを経験している。再婚したのち父は継母と異母妹を尊重し、荇子を大和の祖母の家に預けた。

自身の過去を思い出し、冷ややかに荇子は言った。

「母親でも、さようなことがあるのですね」

「それは男女のちがいではない。親としての自覚の問題だ」

きっちりと帝は反論した。

「世間の評価がどうであれ、わが子のどちらかだけを偏愛するような者は、親としての自覚がないだけの話だ」

ちがうか？　確認するように帝は問うた。苻子は返答に詰まる。帝の表情も口ぶりもそんなものではないのに、責められている気がして胸が痛い。自分の内側にがっちりと根を張った、そうと分かっていながらなかなか捨てることができない偏屈や偏見の存在を指摘されている気がした。

「――そうですね」

観念して苻子は答える。帝は満足気な表情でうなずくと、優雅な箸使いで、熟柿のように赤い鮭の楚割（干し肉を細かく削ったもの）を口に運んだ。

夏の長い日がすっかり落ちて灯火が入った頃に、台盤所に小忌衣が届いた。

この刻限になると昼間のように女房達はおらず、残っていたのは苻子も含めて三人だった。神今食まではまだ日があるから、こんな刻限になって急いで届けずとも明日でも良かったのだが。

「もう遅いから、皆には明日配りましょう」

届けられた衣箱には、複数枚の小忌衣が納められている。女人がまとう如形小忌は、他の小忌衣にはある青摺も赤紐（右肩につけた赤と蘇芳の飾り紐）がない。まっさらな生成りの衣装である。

枚数を確認して蓋をしたあと、居残り当番の女房のほうを見る。小菜葱色の単の唐衣を着けた命婦は、三年目の十八歳。一年目こそ失態も多かったが、近頃は仕事をしっかり覚えて頼りがいが増している。

「これはここに置いておくから、今晩はお願いね」

「分かりました」

「じゃあ、おやすみなさい」

もう一人の女房は後涼殿に曹司を持っていたので、簀子のところで別れた。そのまま局に戻ろうとしたとき、ちょうど隣の鬼間に入ろうとした征礼に呼び止められた。隣には禎生が立っていた。

「いま、上がりか。ずいぶんと遅かったな」

「小忌衣が届いたから、整理をしていたのよ」

「そうか、明後日は神今食か」

いままで忘れていたかのような言い草に、荇子は呆れた。侍従兼少納言の地位にある征礼も、明日は参加予定のはずなのに。そもそも朔日にこの儀式を根拠に、皇太后を追い返したばかりだというのに。

「今日は当直なの？」

「ああ。民部少輔がまだいたから、しばらくつきあってもらおうと思って」

征礼はくいっと首を回し、禎生に目をむけた。彼は征礼より背が高いので、少し見上げる形になった。宿直の夜は長いので、友人を呼んだりして時間つぶしをする者も多い。そのまま共に泊まり込んでも別に問題はない。

ふと思いつき、荇子は言った。

「そういえばいまさらですけど、民部少輔はしばらくお姿をお見掛けしませんでしたね」

「私ですか？」

禎生は悪戯っぽく笑った。

「実はつい先日、陸奥から戻ってきたばかりなのです」

「――陸奥⁉」

目をぱちくりさせる荇子に、征礼が付け足すように言った。

「愁訴の件を、直に調べに行っていたんだ。三か月近くいなかったよな」

「それぐらいだな。なんせ片道で二十日以上かかるからなあ。都に戻ってきたときは、まさに浦島子の気持ちだったよ。どうせ行くなら、この暑い時期を陸奥で過ごしたかったけど」

それがあながち冗談とも思えぬほど、都の酷暑はすさまじい。

ちなみに環境や個人の体力により差はあるが、陸奥までは二十五日と言われている。ただし物詣や受領の任地への下向などの行きは、様々な場所に寄ったり奉納品等の荷物の多さもあり、その二倍の五十日もかかるとされる。

「でもあの件は、陸奥守の罷免ということで処分がついたのでは？」

「百姓達を納得させるために、ひとまずそういたしました。陸奥の民を怒らせることは危険ですから。しかし目代にも言い分があるかと、現地への調査に赴いたのです」

そこで禎生はいったん口を噤み、ふうっとため息をついた。

「されど愁訴以上の悪行ぶりで、骨折り損でした」

陸奥国の目代の話題が出たとき、荇子の脳裡に長橋局に虐げられていた女孺の姿が思い浮かんだ。

こんな形でも彼女は、優しい恋人が帰京できることを喜んでいた。数多の者から恨まれていた奸賊が、わが子にはこの上なく優しい父であったという話は珍しくもない。鬼子母神と同じ話だ。愛する者のために心を殺して非情な選択をしているのか、被害者を同じ人間だと思っていないのか、彼等の人間性はよく分からない。

征礼と禎生と別れてから、荇子は渡殿を進んだ。

承香殿の簀子に上がったとき、妻戸から出てきた女房と鉢合わせた。

「うわ……」

危うくぶつかるところだったので、二人は同時に小さく悲鳴をあげた。

釣り灯籠の明かりに照らされた、あどけない顔の女房には覚えがあった。

確か葛と呼ばれていた、太守の姫宮付きの者だ。素朴な外見から、彼女だけは内大臣が差配した女房ではないような印象を受けていた。

「大丈夫でしたか？」

荇子の問いに、葛はこくりとうなずいた。

「すみません、ちょっと外の風に当たりたくて」

「中は暑いですものね」

いったん受け応えておいてから、あらためて荇子は言った。

「明日、神今食の小忌衣をお届け致しますので、太守の姫宮様にお伝えください」

「明日？」

「少し前に届いたのですが、もう夜更けだと思ってお持ちいたしませんでした。もしご所望であれば、いまからお持ちしますが……」

「あ、いいえ。けっこうです、明日で」

葛が断ってくれたので、内心で荇子はほっとした。いまから台盤所まで戻って準備をするのは、かなり面倒くさい。

「ではお言葉に甘えて、明日お持ちしますね」

そう伝えて、荇子は葛と別れた。

自分の局に戻り、化粧を落とすなどの寝仕度を整える。夜居の女房は帝の寝所をきちんと整えているだろうか？　宿直が征礼ならなにかあっても大丈夫だろう。などと諸々考えながら明かりを消して床についた。

翌日の未明、太守の姫宮が忽然と行方をくらました。

「それはどういうことだ？　妻戸も格子も錠が下りていたというのに！」

父親程にも年長の陣官（近衛府の下級官人の総称）の報告に、頭中将・直嗣は声を大きくした。

清涼殿の東孫廂に仁王立ちして、東庭に膝をついた部下を追及している。近衛府は宮中の警護を管轄する部署だから、御所で起きた不測の事態に彼が指示をするのはとうぜんの展開である。とはいえ陣官もこんな奇怪な出来事に、陰陽師でもないのに答えを出せるわけがない。

今朝、太守の姫宮はいつまでも女房を呼ばなかった。もしや具合でも悪いのかと不審に思った女房が帳をかきわけたところ、御帳台の中はもぬけの殻で、畳や床にはおびただしい血痕が散っていたのだという。

ちなみに第一発見者の女房があの葛で、太守の姫宮の乳姉妹だった。

「直嗣、落ちつかぬか」

名を呼んだのは、父親の左大臣。貴人の名を呼ぶなどの行為は、目上の肉親か帝にしか許されない。もっとも現状で帝が名で呼ぶ臣下は、百官の中でも征礼だけである。やりとりをする親子から少し離れた場所で、内大臣が青ざめている。

御簾を隔てた先の平敷御座では、帝が気難しい表情を浮かべている。その傍らには如子が控えていた。

荇子は几帳の陰でその様子を眺めたあと、襖障子を開けて台盤所に戻った。

命婦達が不安げな顔でこちらを見ていた。

「いったい、どういうことなの？」

声がかすれていたのは昼御座での緊迫したやりとりを慮ってか、あるいは恐怖におびえていたからなのか。

「太守の姫宮様はご無事なのかしら？」

「血痕は、連れ去られたときの怪我ということなの？」

「けれど承香殿の錠はすべて下ろされていたのでしょう。外に出ているとしたら、それはおかしな話よね」

命婦が言うように、殿舎の錠は基本は内側からかける形になっている。つまり外に出た者が施錠することはできないのだ。

しかし事が発覚したときの承香殿は、すべての錠が下りていた。それは隣で騒ぎを聞きつけて、すぐに駆けつけた如子が証言している。

つまりは密室での失踪なのだ。

「せっかく主上が、ご入内を楽しみにしていらしたのに」

気の毒そうに命婦が言う。ちなみに帝は太守の姫宮のことを気にかけてはいたが、妃にったが。

迎えたいとは一言も言っていない。反応を見るかぎり、並々ならぬ興味は抱いていそうだ

(でも……)

先程几帳の陰から垣間見た帝の表情を思いだすと、それも釈然としないのだ。

確かに帝は、その顔に懸念の色を浮かべていた。

けれどそれは太守の姫宮の安否と、宮中で起きた怪異に対する、人としてごくあたり前の感情でしかないように感じた。

冷えた銀器のように心の内を周りに見せない帝が、目にするのも痛ましいほどに憔悴して嘆き悲しんでいた姿を、荇子は二回、目にしている。

ひとつは今年のはじめ。鍾愛の娘、女一の宮がわずか六歳で身罷ったとき。

そしてもうひとつは、ひと月前の端午の夜。亡き妻・室町御息所を想って人知れず咽び泣く姿を、荇子は図らずも目にしてしまったのだった。

そんな魂の奥から噴き出るような執着が、先程の帝からは感じられなかった。

とうぜんだ。太守の姫宮は、室町御息所ではないのだから。

憑き物が落ちたように、すっと冷静になる。

「あまり大きな声では言えないけど、太守妃さまはそりゃあ動揺なされて、弘徽殿と麗景

殿の関与を叫んでおられたそうよ」

「まさか、いくらなんでも飛躍しすぎでしょう」

「直接手をかけたでもなく、呪詛のような手段もあるでしょう」

「陰陽寮で調べたけど、そんな卦は出なかったそうよ」

「ともかく明日の神今食に障りがないよう、今日は大掛かりな祓を行うんですって」

ぼそぼそと話しあう命婦達に、荇子は内侍司に戻る旨を告げて簀子に出た。

強い日差しの下にさらされ、青々とした萩壺の萩も萎れているように見えた。なにかを震わせるようなクマゼミの鳴き声がどこかから聞こえてくる。正午を少し前にして、気温はどんどん上がっていっている。行儀が悪いことを承知のうえで、荇子は柚葉色の唐衣の両襟を広げて扇のようにぱたぱたと煽った。

承香殿手前の渡殿を進んでいると、むこうから女嬬が一人歩いてきていた。水桶を抱えた少女は、先日長橋局に虐げられていたあの者だった。

あっ、と思ったが名前が分からない。

いっぽう女嬬は人懐っこい笑顔で、荇子に歩み寄ってきた。

「先日はお世話になりました、江内侍さん」

「え、どうして私の名前?」

「存じておりますよ。主上のもっとも覚えめでたき女房だと、女嬬や刀自（とじ）の間でも評判ですから」

ぱっと顔を輝かせて女嬬は言うが、どこでそんな話になったのかと荇子はひるんだ。

確かに能筆家ということで帝に名前を憶えられはしたが、それは春の話である。それ以降は紆余曲折（うよきょくせつ）があって、とんでもない秘密を共有することになりはしたが――。

「誰がそんなことを?」

「やだ、みんな知っていますよ」

そう言ったのは卓子だった。いつのまに来たのか、女嬬の背中越しに顔を見せる。承和（そが）色の唐衣と白の表着（うわぎ）は、夏の日差しの下でとても眩（まぶ）しい。

「乙橘（おとたちばな）さん」

「薺女（なずなめ）は、江内侍さんと知り合いだったの?」

朗（ほが）らかに卓子は問いかける。この女嬬の呼び名は薺女というらしかった。人見知りをまったくしない卓子は、よほど特殊な相手でなければ屈託なく話しかける。まして年齢の近い女嬬が相手となれば、友人感覚にもなるだろう。

「はい。この間――」

「いったん桶を置いたら。重いでしょう」

見兼ねて荇子が言うと、薺女は大丈夫というように桶を逆さにして見せた。ごくわずかな水滴が落ちたが、それだけだった。なんのことはない。空だったのだ。

「承香殿の掃除をしてまいりました」

声をひそめた薺女に、荇子は眉間にしわを刻む。いっぽう卓子は明るいもので、好奇心を満面にじませて薺女に近づく。

「それって、例の御帳台？」

「そうです」

「どうだったの？」

卓子は怖がることもなく、ぐいぐいと詰め寄っている。太守の姫宮の安否が分からぬ状況で不謹慎ともいえるが、顔も知らぬ相手への感情などしょせんこんなものだ。まして十四歳だから心にもないことを取りつくろう真似もしない。もっとも案外抜け目がない卓子だから、ここにいるのが荇子と薺女だけということも計算ずくのような気もした。

「帳は汚れていなかったのですが、床と畳がなかなかの血糊でした」

「それは拭き掃除も大変だったでしょう」

「いいえ。お湯を使いましたから、きれいに落ちましたよ」

「え？」

「そうよね。床はお湯で拭いた方がさっぱりとなるものね」

納得したように卓子は言うが、下臈とはいえ女房の立場にある彼女が、床の拭き掃除をすることはないだろうに。あるいは活動的な少女だから、実家にいたときはそれぐらいのことをしていたのかもしれない。

しかし荇子は、このやりとりにかすかな引っ掛かりを覚えた。

（え、だってお湯って……）

だが結果として問題がなかったのなら、それで良かったのだろう。

深く考えるほどもない些末なことだ。そう思い直して、そのときはそれ以上は考えなかった。

太守の姫宮の行方が知れぬまま、その日は夜が更けた。

穢れに触れたという理由で、承香殿に入っていた彼女付きの女房は全員退出させられている。もちろん太守妃も同じである。

姫宮の安否が分からず、太守妃はずいぶんと取り乱していたという。母親としてとうぜんの反応だ。

連れ去られたことも想定に市中を検非違使に捜索させてはいるが、いまのところ手掛かりはない。幸か不幸かは言えぬが、それらしき死体も見つかっていなかった。

「――ご心痛、察し余りある。御仏の加護を願い、こちらでも祈禱をさせているゆえ気を落とされぬよう」

帝が諳んじる言葉を、荇子は白い薄様に書き綴っていた。特に指定はなかったので、紙は荇子が選んだ。見舞いの文に薄紅や縹色の色紙を使うのもおかしいし、さりとて公文書に使うような陸奥紙もちょっとちがう気がしたのだ。

戌の刻過ぎの朝餉間。荇子は帝の要請を受け、太守妃への見舞いの口述を紙に書き起こしていた。

内侍司での仕事を終え、自分の局に戻って装束を解いたあとで呼び出されたときは、宮仕えのままならなさを痛感した。帝の御前では唐衣裳が基本である。伝達役の女房が衣はそのままで良いと言ってくれなければ、床に物を投げつけていたかもしれない。

そんな事情で、前代未聞の単かさね姿での御前への参上となったのである。文字通り小袖袴に単を二枚重ねた姿は、夏の褻の装いだ。縹色の単の袿を上に、下を淡縹の単にして鴨頭草のかさねとしている。

そこで文の筆記を命じられたのだ。

帝の直筆ではあまりにも仰々しい。さりとて全てを代筆者に任せては心が足りない。そんな理由から、帝の前で彼が発する見舞いの言葉を記すこととなったのである。

平敷御座の前に文机を置き、大殿油の明かりで書字をはじめる。帝が考え考えでしばし口述を途切れさせた上に、前の流れからその文はおかしかろうという箇所を苻子が指摘したりしていたので、短い文にもかかわらず時間がかかってしまった。帝の口述を訂正するなど畏れ多くはあるが、どうしたっておかしかったからしかたがない。

(だって通して読んでみて変だったら、書き直しをさせられるのは私だし……)

『古事記』を口述して筆記した大安麻呂は、やはり偉大だと思う。

四半刻後。ようやく筆を置くことができて、苻子はほっと一息をついた。

「ご苦労だった」

「いえ、お役に立てましたのなら光栄です」

とつぜん帝が手を鳴らした。隣の襖障子が開き、あろうことか長橋局が現れた。そういえば今宵の夜居は彼女であった。

(うっわ〜〜〜)

軽く動悸がしてきた。むこうもものすごく気まずげな顔をしていて、目をあわせようとしない。

「持ってまいれ」

素っ気ない帝の命に、長橋局は高坏を掲げて膝行ってきた。それを荇子の前に置くやいなや、まるで逃げるように後退った。その瞬間、憎々し気に睨みつけることだけは忘れなかったのだが。

高坏の上には、二種の唐菓子と干し棗があった。

きょとんとする荇子に「好物なのだろう」と帝は言った。確かに干し棗は荇子の好物である。ちなみに唐菓子は美味にちがいないが、高級品ゆえそうそう口にはできないので好物と言えるほど食していない。

「え、なぜ？」

「征礼に聞いた」

「はあ……」

合点はいくが、どう応じてよいものか迷う。なぜ帝が荇子の好物などを聞くことがあったのか。もしかしたら征礼が、ちょっとした世間話のさいに話しただけかもしれないけれど。

「遠慮せずに、食せ」

ここでですか？　悲鳴に近い声が喉元まで出かかった。

持ち帰らせてください、と訴えたかったが、それもそれで失礼な気がする。あなたの前では食べたくない、そう言っているようなものだ。実際のところ、そうだけれど——。腹をくって、ひとつ口にして感想を言ってから、残りを持ち帰らせてもらおうと決めた。

「では、失礼して」

苻子は干し棗をひとつつまみ上げた。そのさい指先が墨で汚れていることに気付き、少し頬が熱くなった。

少しの戸惑いのあと、思いきって口に放り込む。

いったいこれは、なんなのだろう。たかが一内侍に過ぎない者が、帝のはすむかいで菓子を食している。尚侍や殿上人でも滅多に与れない栄誉である。

口腔内にじわっと広がる甘味を噛みしめていると、とうとつに帝が言った。

「征礼とはうまくいっているのか?」

あやうくむせかえりそうになった。なんとか堪え、目を白黒させて御座を見ると、脇息にもたれた帝は愉快そうな顔をしている。

その瞬間、閃くように苻子は思った。

やはり帝は、太守の姫宮の入内を望んではいない。

不可思議な形で失踪した、義理の従妹の安否はもちろん案じている。けれどその思いは他人である荇子達が抱くものと同じ程度で、話題になればもちろん気がかりではあるけれど、少しその話題から逸れれば平気で笑い話をする程度のものだった。

亡き妻の面影をかぶせて入内を切望していたのなら、こんな反応にはならない。あるいは相変わらず底の見えぬ帝の心の深層には、荇子にはとうてい知れぬ複雑に混濁したものがあるのだろうか。

棗を頬張ったまま、飲み込むことを忘れた荇子に帝は怪訝な顔を見せる。

「どうした、うまくいっていないのか？」

「——そもそも、そういう関係ではございません」

無理矢理嚥下を済ませ、荇子は反論する。

「あまりはっきりと申すな。征礼が傷つく」

「……」

ここで構いませんと断言できぬあたりが、荇子の気持ちを如実に表している。

分かっている。征礼のことが、異性として好きだ。

けれど頑として心に居座りつづける結婚への嫌悪が消えないかぎり、恋愛などできるわけがなかった。

押し黙った荇子に、帝は利かん気の妹でも見るような顔をした。

「誰かのものになってから後悔しても遅いぞ」

そんなことは覚悟している。帝の覚えめでたき忠臣たる征礼に、結婚話がいくつか持ちかけられていることも知っている。公卿には相手にされずとも、四、五位の殿上人、もしくは諸大夫辺りからすれば理想的な婿がねである。

荇子のような独身主義者でもないかぎり、年頃の男女が結婚をするのは自然な流れ。荇子には征礼の結婚を止める権利などない。

「分かって――」

帝は荇子の言葉を遮った。

「人の身には、いつなにが起こるか分からぬぞ」

そう告げたときの帝の瞳は、いつにない真摯な色をにじませていた。

荇子は息を詰め、その言葉が持つ重みを考える。

室町御息所に女一の宮。帝にとって唯一無二の、夭折した妻と娘。彼女達とにこやかに過ごしているときに、まさかそんな残酷な未来が待ち受けているなどと帝は考えもしなかっただろう。

だからこそ荇子は反論する。

「ですから最初から求めなければ、後悔も致しません」

「たとえ失っても、私は妻と娘と知り合えたことになんの後悔もない」

大きな声ではなかったが、帝の物言いにはなんの揺らぎもなかった。

けして覗けぬと思っていた帝の心の深淵に、少しずつ光が当たっている。

「なにゆえそこまで頑なのかは知らぬが、不自然に意地を張っている段階ですでに心は囚われているだろう。さすればどちらを選ぼうと心は揺れる」

痛いところをついてくる。

ことごとく図星過ぎて、胸が締めつけられる。

穏やかに過ごしたいから、傷つきたくないから、失望したくないから――そんな理由から結婚を忌避しているけれど、征礼が別の女人を妻に迎えたとき、自分が穏やかでいられるとは思えないし、傷ついて失望するであろう姿も容易に想像できる。

すでに心が囚われているというのは、腹立たしいほどに的確な言葉であった。

もう無駄なのか。いくら頑なになったところで、それは無駄な抵抗なのか。

踏み込まぬほうが良いと理性では分かっていても、感情が従ってくれない。

ふと、中宮と有任もこんな気持ちだったのだろうかと思った。もっとも荇子の気持ちなど、彼等に比べれば意固地でしかないだろうが。

二人の名が頭に浮かんだとたん、反射的に荇子は口を開いていた。

「中宮さまは、源大夫の陸奥国赴任をどのようにお考えなのでしょうか？」

帝は荇子を一瞥し、素っ気なく言った。

「気になるのなら、見てまいれ」

「はい？」

「ちょうどよい。神今食が終わったら、里内裏まで足を運べ」

見てまいれという提案から一転、命令となった。

冷遇していた妻を見舞えと命じる、帝の意図が分からない。

ほとんど前例のない廃后を画策し、恋人の有任とも引き離そうとしておきながら、やはり多少の心の痛みは覚えているのか？　だとしたら、おためごかしにも程がある。もちろん不貞を働いた中宮と有任に非があることは承知の上だ。

荇子は緊張した面持ちのまま、膝の上でこぶしを作る。

襖障子のむこうには長橋局がいるから、迂闊なことは言えない。人払いをしないところから、帝にはこれ以上この話をするつもりがないのか、あるいは荇子の用心深さを試しているのか。

そうであれば、剣呑過ぎる。荇子はもちろん帝自身とて、うっかり口走る危険はあるというのに。それともこの冷えた銀細工のような天子は、そんな迂闊な真似はけしてしない自信があるのだろうか。あるいは知れたところでどうでもよいと思っているのか。ほとんどの他人に関心を持たぬように、ひょっとして立場や自分自身にも執着を持たぬのやもしれない。

だとしたら、おためごかしなどしそうにもない。

この御方の意図が分からない。

しばしの戸惑いのあと、荇子は深々と頭を下げ、承ったという意を示した。

翌日。十一日は神今食である。

沐浴を済ませた帝が、紫宸殿に出向くのは戌の刻はじめ。

装束は内蔵寮から出された御帛衣。袍も袴もすべてが白の生絹で仕立てられている。御挿鞋は、和紙と白絹で作られている。神事ゆえ、常の履物に用いられる牛皮は忌避される。

全身に水の匂いを残した帝が、御帛衣をまとい長橋をしめやかに進んでゆく。夏とはいえ日はすっかり落ちて、あちこちで灯された篝火と、小忌（神事に関与する官人）達が手にする松明の炎が幽玄な空間を作り出している。

小忌達がまとう衣は私小忌。生成りの麻で仕立てた狩衣形式の装束で、山藍の汁で紋様を摺りつける『青摺』が施されている。冠には日蔭鬘と白絹糸を使った日蔭糸を垂らす。彼等は公卿や殿上人達の中から卜占で選出された者達だ。

帝の後ろには、如子を先頭にして荇子を含めた内裏女房が数名つづく。髪上げをして釵子を付け、いつもの華やかな唐衣裳の上に粗末な麻で仕立て如形小忌をはおる。

楽の音はもちろん人の声もしない中、ただ衣擦れの音だけが余韻のように聞こえる。

紫宸殿に入った帝は、葱花輦に乗る。月華門を介して陰明門から内裏を出ると、そのまま中和院にと向かう。

荇子は筵道を進みつつ、先を進む葱花輦の天頂の飾りを眺めていた。その名の通り、葱の花を模している。この花は長く咲きつづけるゆえに吉とされ、しかもその香りが邪気を払うと言われている。それゆえに飾りとして用いられている。

太守の姫宮のあまりにも奇怪な失踪により、神今食の開催がどうなるものかと危ぶまれた。しかし数多ある宮中神事の中でもっとも重要なうちのひとつとされるこの行事は、入念に祓いを行ったのちにこうして催されたのだった。

内裏女房として歴の長い荇子は、神今食と新嘗祭を併せると十回以上参加をしているから、いまさら緊張もしない。しかし先を進む如子は、初参加ということもあって出発前は美貌をがちがちに強張らせていた。

采女町と内膳司の前に張った幄屋の下には、見学人の公卿や殿上人達が並んでいる。神事に参加しない彼等を小忌に対して『大忌』と呼ぶ。

大忌達の見送りを受けて、南の正門から中和院に入る。中門をくぐると、その先に神嘉殿が建っている。階を上がる帝のあとに、荇子達もつづく。

殿舎の中に入ると、二度目の沐浴がある。奉仕役の女嬬に導かれ、帝は斎戒場にと向かっていった。

神嘉殿の母屋は三つに区切られ、東から帝の寝所、神殿、内侍控場となっている。

帝が姿を消したあと、如子はしばし立ち尽くしていた。その面差しに困惑の色が浮かんだのを見つけた荇子は素早く言った。

「御斎服の準備をいたしましょう」

「え？　あ、そうね」

如子はほっとした顔でうなずく。さすがの如子も、はじめてのことで手順が分からなくなってしまっていたようだ。

神事を行う前に着替える御斎服は、縫殿寮から提供される。

生地は御帛衣と同じ白の生絹だが、欄や蜻蛉頭などの仕立てが少しちがっている。冠も白の平絹を結びつけた『御幘の冠』という特殊なものにかぶり直す。

装束の準備を整えたところで、奉仕役の女嬬が来たので御衣櫃を渡す。

時を同じくして、右近衛中将の直嗣と、左近衛中将が中に入ってきた。沓を脱ぎ、正装では携えている弓箭を解いている。彼等がまとった小忌衣は、諸司小忌といって束帯の上に羽織るもので、青摺の模様こそあれ形状としては苻子達がつけている如形小忌に近いものだった。

「なにがはじまるの？」

小声で如子が尋ねた。直嗣を毛嫌いしている彼女だが、さすがにここでその感情を出すことはなかった。

「神具の納入です」

苻子が答える前で、左右の近衛中将は扉の両脇に立って帳を褰げ持つ。

やおら外に控えていた小忌達が、神具を持って順次、中に入る。彼等がまとうのも、直嗣と同じ諸司小忌である。

何番目かに坂枕（薦の枕）を手にして征礼が入ってきた。

苻子のほうにちらりと目をむける。いつもなら微笑みかけてこようものだが、重要な神事のさなかではさすがにそれはしない。

――人の身には、いつなにが起こるか分からぬぞ

昨夜の帝の言葉が、なぜだかとつぜんよみがえった。縁起でもないと思いながら、漠然とした不安にかられて、思わず征礼の姿を目で追いかける。

（？）

荇子は眉間にしわを刻んだ。

大殿油の明かりに照らされた征礼の横顔は、相変わらず少年のような清潔感がある。黒目がちの目となめらかな肌。実際の年齢より幼く見えるその容貌に、なんとも言えない影が落ちていた。厳かな儀式で緊張しているのかと思ったが、それもちがう。具体的になぜかと言われれば言葉にはできぬが、これはもう長い付き合いによる勘としか言いようがなかった。

（なにか、あったのかしら？）

気にはなるが、さすがにこの場で問うことはできない。口を開きたい気持ちをぐっと堪えて、荇子は征礼の後ろ姿を見送った。

すべての神具の納入が終わると、荇子は如子を促して二人で神殿に入った。荇子は諸道具が入った箱を、如子は衾を持っている。

神殿には八重畳（筵一枚に薦七枚を重ねたもの）が置いてある。

如子は手にした衾をその上に敷き、苻子は箱から出した扇と櫛、そして沓を置く。空になった箱を手にした苻子は、如子に目配せをする。そうして二人で神殿を出ると、御斎服をつけた帝がようやく中にと入っていった。

それからほどなくして、今度は陪膳の準備にかかる。

苻子達はふたたび神殿に入り、如子が神前と帝の御前に食薦を敷いた。次いで御饌の配膳である。御飯、鮮魚、干魚等々を順々に奉る。ちなみに神のための神饌と帝のための御饌は、それぞれ別の科として供進される。

帝は神前に座し、陪膳の経過をじっと見守っている。神殿に灯る炎が御斎服を夕焼けのような色に染め上げて、感情に乏しい帝の表情を少しだけ柔らかく見せていた。

全ての御饌を運び、苻子達は隣室の控処に引き下がった。中に入るや否や、如子はまるで糸が切れでもしたようにその場に膝をついた。よほど緊張していたのだろうが、こんな如子ははじめてみた。

「お気を楽にしてください。丑の刻までつづきますから、あまりを気を張っているともちませぬよ」

苻子は耳打ちをした。隣の神殿で神事を行っていると思えば、滅多な声を出すわけにもいかない。如子ははっとしたように身を固くしたあと、かえってそれがよくないのだと思いだしたように、こくこくと頷きを繰り返した。

「これほどに厳かな儀式なのね。藤壺にいたときは、神嘉殿でなにが行われているかなど考えたこともなかったわ」

「新嘗祭も同じ手順ですよ。そのときはもっと慣れるでしょう」

声が漏れぬよう、二人は耳打ちをしあう。

ふと気づくと、外から管弦の音が聞こえてきた。近衛府による神楽である。例年のことを考えれば少し前から流れていたはずだが、いまにいたるまで気づかなかった。なんのかんのいって、やはり緊張していたのかと荇子は思った。征礼の様子に気を取られたりしていたときは、気が緩むにもほどがあると自戒もしたのだが。

(神今食が終わったら、なにかあったのか訊きにいこう)

しかしその直後にこんなことを考えているのだから、やはり気が緩んでいる。

ふと隣を見ると、如子は神妙な面持ちで神楽の音色に耳を傾けている。そうしてひとつ息を吐き、おもむろに言った。

「これから主上は、皇大御神をおもてなしなさるのね」

夜明け前の還御ののち、翌日十二日の朝の『解斎の粥』を持って神事は終了となる。清涼殿にて粥を召すことで、帝は神事の斎を解かれるのだった。

十二日の昼下がり。西日が強く差しはじめた簀子に出ると、南側から歩いてくる征礼と鉢合わせた。

「どうしたの、帰っていなかったの？」

神今食に参加をした者のほとんどが、儀式が終わったあとは帰宅していた。近衛武官と大歌所の者達などは、一晩中神楽を演奏していたのだから疲労困憊だろう。もちろんもっとも神経を張りつめさせていたのは、神事を行う帝で間違いない。

「いや、主上に申し上げたきことが……」

「主上はお休みになっておられるわ」

間髪を容れない苻子の返答に、征礼は少しひるんだようだった。どうしたのか？　特に叱責めいた口調ではなかったと思うのだが。

「御帳台に入っておられるの。午前のうちは奏上を御覧になられていたけれど、さすがにお疲れになられたみたい。少し横になると仰せだったわ」

補足するように告げると、征礼は顔をしかめた。明確に困惑した反応に、苻子は昨夜の神殿での件を思いだした。

「そうか。じゃあ、またあと――」

「ちょっと待って」

すでに身を反転させていた征礼の手首を、荇子はがっと摑んだ。すぐに詰め寄ろうとしたが、その先の台盤所にいる女房達の存在を思いだして考えをあらためる。

「ちょっと、こっちに来て」

了承も得ずにぐいぐいと腕を引くと、征礼はずるっと引きずられた。男女の力差、体格差を考えれば絶対にこうならないはずだから、征礼が抵抗していない証である。後涼殿に通じる中渡殿で、辺りに人気がないことを確認してから問う。

「なにかあったでしょ？」

「……い、いきなりなんだよ」

「だって昨日の神嘉殿でも、様子がおかしかったもの」

断言されて征礼は気圧されたように黙りこんだ。ここでそんなことはないと否定しない辺りから、断固として隠そうという内容ではないのだろう。

征礼は一度視線をそらし、思案するように間を置く。やがてひとつ息をつき、呆れとも感心ともつかぬ声音で言った。

「お前、ほんとうにすごいな」

「何年の付きあいだと思っているのよ」

ぷいとして言うと、征礼は「十四年」と答えた。

「十五年よ」

荇子の訂正に征礼は不満げな顔をしたが、こちらとて確固たる自信がある。しかしこの状況では些細なことなので、そこはあえて追及せずに荇子は表情と口調を改めた。

「心配だから、話せるようなことだったら教えて」

「いや、どうせ話さなきゃならないから……」

ぽつりと征礼は言った。声をひそめているというより、なにか糸が切れたような物言いだった。開き直ったようにも見えるが、とりあえずは内密に、まだ他言はしないようにと念押しをしたうえで、征礼は顔を近づけた。

「太守の姫宮が見つかった」

荇子は目を見張り、ほとんど反射的に漏らした。

「やっぱり……」

「え？」

端から知っていたような反応の荇子に、征礼はなにか言いかけた。それを目で制してから周りを確認する。そうしてひと目がないことを確認したあと、あらためて言った。

「だって、あれは自演でしょう」

荇子が太守の姫宮の失踪に不審を抱いた理由は、薺女である。

彼女がなにかをしたわけではない。彼女は承香殿に残った血糊の掃除に、湯を使ったからきれいになったと嬉しそうに話しただけだ。

御所で襪がはけるのは勅許を受けた者のみで、ほとんどの者は素足である。ゆえに皮脂汚れをさっぱりと拭きあげるため、普段から湯を使っていると語っていた。その流れでの行動だろう。

しかし血液は、湯ではかえって落ちにくくなる。高温で凝固してしまうからだ。

他の汚れは湯の方が落ちる場合が多いので、勘違いをしているものも多い。

血を忌避する御所でも、女人の場合、月水（月経）は避けようがない。そのさいに汚れたものは水で洗う。それで落ちるのだから、わざわざ準備に手のかかる湯を使わない。その結果、血の汚れに湯は良くないと知らぬ者も多いのだ。

おそらく薺女もその口だろう。しかし湯を使って拭きあげたにもかかわらず、血糊はきれいに落ちた。湯の温度によってはそんなこともあるのだろうと考えたが、実はずっと引っかかっていたのだ。

実は承香殿の汚れは、血ではなかったのではないか。

血であれば争いや脅迫の末の怪我、すなわち力ずくでの拉致が考えられる。しかしそうではない、血を模した別の液体だとしたら——。

「これはもう、太守の姫宮がかかわっているとしか考えられなかったのよ」

苻子の推察を聞き終えた征礼は、観念したかのようにため息をついた。

「まったく、人騒がせな話だよ……」

「それで民部少輔のほうはどうしているの？」

苻子が口にした名に、征礼はぴくりと眉を撥ねあげた。

ああ、これはそうとうに怒っている。付きあいが長いから、眉間に刻まれた皺を見ただけで判別できる。

「どうも、こうも！」

征礼は吐き捨てるように言った。渡殿という場所で大きな声を出さなかったから理性は残っているようだ。

「参内して自らの口で説明をするとのぼせあがっていたから、しばらく頭を冷やせと怒鳴りつけてきた」

「手段としては別に間違っていないけど……」

「そういう潔さだけじゃ、世の中は駄目なんだって。だから、まずは俺が帝に話をして根回しを――」

「藤侍従」

呼びかけに征礼はあわてて口を噤む。

清涼殿側から歩いてきた女房は、如子だった。唐衣は縠紗と単のあわせ。桐の花を織り出した蘇芳色の縠紗の下に白い平絹が透けて見えるさまが実に艶やかである。すらりとした身体で淡蘇芳の表着を引きつつ来るさまなど、盛夏の強い日差しの下でも凜として咲く花葵のようだった。

少し手前で立ち止まった如子は、まっすぐに征礼を見た。

「主上がお目覚めです。あなたがいらしたことをお聞きになられて、すぐに呼んでくるようにと申しつかりました」

「そうですか。では参ります」

征礼は荇子に目配せをして、清涼殿に戻っていった。遠ざかってゆく緋色の縠紗の袍を眺めていると、ぽつりと如子が言った。

「中宮、女御方が嫉妬しそうなご寵愛ぶりよね」

「……同じ俎上で語る類のものではないでしょう」

「それはそうね」

如子はあっさりと意見を翻した。中宮の女房だった身としては、ちょっとした冷やかしや皮肉のつもりだったのかもしれない。

あたり前のように征礼は応じていたが、これが他の臣下であれば、帝はわざわざ自分が起きたことを知らせに行かせたりはしない。彼らがまた訪ねてくるのを待つだけである。

この寵愛ぶりを考えれば、確かに婿がねとして有望だ。

性懲りもなくそんなことを考えてしまう自分が、本当に潔くないと思う。いったいいつまで未練がましく、ぐじぐじと思い悩んでいるのか。

「で、民部少輔がどうかしたの？」

荇子は目を見張った。

「え？」

「聞こえたのよ」

「ど、どこからですか⁉」

つかみかからんばかりに詰め寄る荇子に、如子はしれっと答える。

「そこからよ。そのあと藤侍従が珍しく怒っていたから、あなた達が喧嘩でもしているのかと思って心配したわ」

その証言に荇子はひとまず胸を撫でおろす。良かった。それなら太守の姫宮の件については聞かれていない。いずれ公にはなることだが、征礼が帝に事情を話す前に広まるのはまずい。

「すみません。いずれ公にされると思いますので、ここはご寛恕ください」

荇子の嘆願に如子は多少不服そうな顔はしたが、とりあえず了解してくれた。そこは安心したが、基本の問題が解決していない。

（まったく、どうなるのよ……）

他人事ながら荇子は途方に暮れた。如子や弁内侍のように、こじれた他人の話題を面白がる気持ちの余裕はない。征礼の話を聞いた帝がどんな判断を下すのか、想像すらできなかった。

罰するのか不問に付すのか、公にするのか否かまでも——誰も想像すらしていなかっただろう。先の斎宮・太守の姫宮が、従五位下民部少輔・藤原禎生の邸にいるだなんて。ましてその二人が半年以上前から恋仲であったなどと。

太守の姫宮の所在にかんしての真相は、その日は公にならなかった。

亥の刻となり、釣り灯籠と格子が戻される。各殿舎の明かりも消され、人々が床につきはじめた頃、荇子は局を抜け出して鬼間を訪ねた。今宵の当直は征礼である。詳しい話をするからと呼ばれていたのだ。

人気の無くなった台盤所から声をかけると、征礼は襖障子を開いた。鬼間に灯った明かりを受けて、荇子は手にしていた紙燭の火を吹き消した。下長押をまたいだ段階で、奥に誰かがいることに気づく。

禎生だった。

参内ではありえない狩衣姿だが、今回の件で、殿上の札を削られるぐらいの覚悟はしているのかもしれない。

「お騒がせして申し訳ない」

荇子の顔を見るなり、禎生は深々と頭を下げた。

「いえ、別に私は……」

「ほんとだよ」

捨て鉢な征礼の物言いに、禎生はいっそう項垂れる。辛辣な態度に荇子のほうが居たたまれなくなり、なだめるように征礼の袖を引く。征礼は苦々しい表情で気を落ちつけるようにひとつ息を吐いた。

　そのまま二人の青年は黙りこんでしまう。いらだちからの征礼と、申し訳なさからの禎生と理由はそれぞれだ。どちらも動きだす気配がなかったので、しかたなく荇子が話を切りだすことにした。

「あの、もう少し穏やかな手段は考えられなかったのですか？」

　禎生は消え入るような声で〝すみません〟と言った。

「いまにして思えばそうすべきだったと後悔しているのですが、陸奥から帰った直後に姫宮の参内を知らされ、なんとか入内への運びを止めねばならぬと焦ってしまったのです。本来であれば姫宮のあの提案を、私こそが止めねばならぬ立場にあったのに――」

「って、あれは太守の姫宮様がお考えになられたのですか？」

　荇子は驚きの声をあげた。

　血に似せた液体を御帳台にまき散らし、怪奇ないしは犯罪に巻きこまれたふうを装って承香殿を抜けだした。そのあと妻戸の錠を下ろしたのは乳姉妹の葛である。密室の理由は単純だった。そして渡殿を一人走り抜けてきた太守の姫宮を、あらかじめ御所に上がっていた禎生が連れて帰った。

　その次第を征礼は、禎生から事件の翌日、つまり神今食の日に告白された。神殿での憂鬱な表情はそのためだったのだ。

確かに神今食の前日、宿直の征礼に付きあって禎生も遅くまで御所にいた。それが太守の姫宮を待つためだったと知ったのならそりゃあ不快だろうし、それ以上に先のことを考えて苦悩するだろう。

そういえば荇子も、あの夜は消灯の少し前に葛と鉢合わせしていた。小忌衣を届けると伝えたときなんとなくすっきりしない反応だったのは、直後に失踪を計画していたからだったのか。葛がまだ御所にいるのなら問い質したいところだが、あいにく当時の者達は不吉を理由に全員退出してしまっている。

この稚拙ながらも大胆な計画を練ったのが、禎生ではなく太守の姫宮だったというのか？ 信じがたいという顔をする荇子を前に、禎生は説明をつづける。

「私が都に到着したらすぐに行動に移せるように、葛と二人で計画を練っていたとのことでした。私も姫宮を奪われたくないと焦るあまり、冷静さを欠く行動を取ってしまいました」

「主上は太守の姫宮の入内など、望んでおられない」

ばっさりと征礼は切り捨てた。

そうだろう。荇子が感じたぐらいだから、征礼など最初から分かっていたはずだ。帝が太守の姫宮に関心を持たぬこと。もとより室町御息所の身代わりなど、けして求めていないことを。

しかし傍目にそうではなかったから、この断言に禎生は困惑した。

「し、しかし内大臣も太守妃もすっかりその気だと……だからこそ姫宮は母親の説得を諦めて、こんな大胆な策を」

「お二方はそのつもりだろう。けれど主上は違う」

断固とした口調には、征礼の帝に対する絶対的な自信が満ちていた。しかしそれは優越感の類ではなく、自分が傍にいなければならぬという使命感からくるもののような印象を受けた。

釈然としない顔の禎生に、あらためて荇子は尋ねた。

「太守妃は、民部少輔と太守の姫宮が深い仲であるとはご存じなかったのですか？」

「私が陸奥に発ってからお知りになったそうです。入内を打診された姫宮が告白したとのこと。しかし身分違いも甚だしいと、大変なご勘気だったとか」

「そりゃそうだろう」

征礼の怒りはなかなか収まらないようで、口調にはとりつく島もなかった。もちろんここで解決の糸口を探ろうと、真剣に悩んでいるからこその怒りなのだが。

確かに元斎宮の女王に、従五位下の男は不釣り合いだ。零落した姫君ならともかく、太守の姫宮には父親から相続した豊かな財産がある。

母・太守妃の反対する気持ちは分かるが、さりとて恋人の存在を隠したうえで入内を目論むとは、なかなか大胆な婦人である。ちなみに内大臣はまったく知らぬということだった。元斎宮の高貴な姫君だから、帰京後も清らかに過ごしていると疑っていなかったのだろう。

「なにもかも、身分を顧みないお前が悪い」

「私も承知している。抑えきれなかったのは私の未熟さだ」

征礼の辛辣な指摘も、禎生は甘受した。多少自分に酔った口ぶりが気にはなるが、そんな男でもないかぎり身分違いの高貴な相手には言い寄らない。

乳兄弟や筒井筒の仲などの昔からの知り合いなら、いつしか想いが募ってしまっていたという不可抗力的な場合もあろう。しかし一般的な恋愛のはじまりは、噂などで興味を持った女に対して男が仕掛けてゆくことがほとんどだ。それを敢えて高嶺の花に言い寄るのなら、よほど思いこみが激しいか、ないしはのぼせやすい性質のどちらかなのだろう。

（公達や公卿の中にも一定数いるものね。厄介な相手にばかり手を出す人が……）

八年の宮仕え経験の中で、あれやこれやと思いだす。先々帝の時代には、二人もの内親王に密通した強者の公達がいたし、帝の寡婦と関係を持った公卿もいた。それらに比べても現役の中宮と通じた有任の恋はもっとも厄介なものだったが。

「分かっている。男として己を律するべきだったのだ。だが、あのように高貴で愛らしい姫君が、私などを見初めてくださったものだから——」

かみしめるように告げられた禎生の言葉に、荇子と征礼に同時に眉を寄せる。言うまでもなく聞き違えたのかと思ったからだ。

「え？」

「あ、あの、見初められたって？」

ぽかんとする征礼よりも先に、荇子が尋ねる。

「昨年の祭（賀茂祭）を見学に出向かれたさい、行粧での私を姿を見初めたと文をくださったんだ」

一年位は前のことだろうに、まるで昨日のことのように初々しい表情で禎生は言う。けして得意気ではなく、心から僥倖だと感じていたことが伝わってくる。そこだけはちょっと好感を持った。

つまり手を出してきたのは、禎生ではなく太守の姫宮のほうだったのだ。

確かに昨年の賀茂祭での禎生の晴れ姿は、女房達の間でも評判になった。若い太守の姫宮が目を奪われても不思議ではない。

思いがけない事実に、征礼はしばし口をあんぐりとさせた。それから唇を結び、気を取り直すように軽く咳払い(せきばら)いをする。

「だったとしても、断るべきだっただろう。上総太守の娘で元斎宮など、普通の男ではどうせ妻にはできないのだから」

この征礼の一言は荇子の胸に突き刺さった。

妻にはできない——つまり結婚ができないから、恋をする相手ではない。

愛情を結婚という誠実な形で請け負えないまま恋をするのは、無責任である。責任が取れないのなら、最初から恋などすべきではない。それは常々荇子が思っていたことで、だからこそ征礼に対する感情を抑えてきた。将来有望な彼は、もっと誠実な相手を妻とするべきだと自分に言い聞かせていた。

(ほら、やっぱり征礼も同じように考えている)

自虐(じぎゃく)とも開き直りともつかぬ感情に、思わず笑いが漏(も)れそうになる。こみあげる感情が複雑すぎて、征礼の顔を見る勇気がない。

「だが姫宮は、最初から私との結婚など考えておられなかった」

禎生の一言に、荇子ははっとする。征礼は眉間(みけん)のしわをいっそう深くして彼をにらみつけた。しかし禎生はめげなかった。そのあと彼は言葉を尽くして、太守の姫宮の当時の心境を説明した。

斎宮に選任されたとき、太守の姫宮はまだ少女だった。

若き帝の即位により、いつ戻れるかも分からぬ伊勢への下向は、彼女にあらゆる運命を悟らせた。つまり自分は家族とも都での華やかな暮らしからも分かたれ、誰かの妻になり母となることは叶わないのだと。

別に寂しいとは思わなかった。独身を貫いた皇族の女子は珍しくない。しかも自分は斎宮という栄誉に与れたのだから。

そのつもりで伊勢での日々を過ごしていたのに、先帝の夭折で思いがけず早い帰京となった。十六歳だった。

伊勢でも賀茂でも退出した斎王は、それまでの仏に対する不信心を悔いるように仏教に傾倒する者が多いと聞く。しかし太守の姫宮は、後世ばかり考えて日々を過ごすには若すぎた。肩の荷を下ろして目的もない日々を過ごす中、彼女は禎生を見初めた。

なんと爽やかで、凛々しい方だろう。

名前は？　どこにお住まいなのか？　恋人はいるのだろうか？

そんなことを日々口にしていたら、見兼ねた乳姉妹の葛が色々と調べてきてくれた。家族と離れて過ごした伊勢での暮らしでも、ずっと付き従ってくれた腹心だ。

伊勢で過ごしていたときは、恋もせず純潔を守った。それが斎宮の責務だからだ。

しかしここは京で、自分はすでに退出している。なにも臆することはない。

まるで国造り神話の伊邪那美(いざなみ)の女神のように、太守の姫宮は恋しい男に自身のあふれんばかりの想いを伝えた。

そうやって太守の姫宮と禎生は愛を育(はぐく)んだ。世間に知られれば面倒になることは分かっていたのでばれないように気は遣ったが、それでもここに至るまで露見しなかったのは、まさかという世間の思い込みがあったのだろう。

元斎宮という立場なのだから、帰京後も清らかに慎(つつ)ましやかに暮らしているものと誰もが思いこんでいた。斎宮という純潔を求められる立場から解放された二十歳(はたち)の女が、恋のひとつやふたつ経験していたところでなんの不思議もないというのに。

二か月前、禎生が陸奥行きを命じられた。期限のあることだから必ず戻ってくると告げて旅立ったが、神今食(かむいまけ)の二日前に帰京したさいには入内(じゅだい)の話が持ち上がっていた。そうして件(くだん)の騒動に至ったわけだ。

経緯を語る禎生の口ぶりは次第に高揚(こうよう)していた。酔い痴(し)れて多少は大袈裟(おおげさ)に言っている部分はありそうだが、さりとて相手があっての結果だから大方は真実だろう。

太守の姫宮と禎生の恋は、結婚を前提としていなかった。荇子のこれまでの感覚で考えれば誠実な恋ではない。起こした騒動を考えても、考えなしだし幼稚である。

けれど、ひたむきで情熱的であることはまちがいない。

それは高貴な姫君ゆえの、世間知らずの情熱かもしれない。それでも心のどこかで彼女を羨（うらや）ましく思っている自分を、荇子は自覚していた。

中宮と有任もそうだった。状況だけを考えれば、とうてい許される関係ではない。されど儘（まま）ならぬ想いに翻弄（ほんろう）された彼等もまた、ひたむきだったのだと思う。

ふっと緊張が緩（ゆる）んだ。

「いいじゃないんですか」

荇子は言った。これまでとは打って変わった軽い物言いに、征礼も禎生も疑うような顔をする。

「お互いが想いあっておられるのなら、一緒にいたほうがいいですよ」

「そんな簡単な話じゃ——」

征礼は抗議するように身を乗り出しかけたが、荇子と目があうと肩を押さえつけられたかのように固まった。そこからどすんと音をたてて腰を下ろす。

「どうしたんだよ、お前……」

どういうつもりで征礼はぼやいているのだろう。裏切られたと思ったのか。恋と結婚に対して自分と同じ価値観を持っていると思っていた荇子が、禎生の味方をすることでそれをひっくり返す発言をした。いったいどうしたんだ、いきなり。これまではあれほど頑なに、恋と結婚を否定しつづけてきたくせに——そんなことを征礼は不満に思っているのかもしれない。

征礼は額に片手を当て、考えるようにしばし間を置いていた。やがて手を離して、顔を上げる。

「双方の同意であれば、今回の件は不問に付すと主上は仰せだった」

寛容だが、予想外でもなかった。周りが勝手に盛り上がっただけで、はなから帝は太守の姫宮の入内を望んでなどいなかったのだから。

どのみち公になれば二人は社会的制裁を受けざるを得ないから、それで十分だと考えたのだろう。母娘関係には若干の歪さはあったようだが、太守妃に娘の生存を知らせぬわけにはいかない。

禎生は驚きと、それ以上の安堵を入り交えた表情を見せた。

「念のためにお前から話を聞いて、あまりにも怪しからぬ部分があれば相応に対応するよう命ぜられたが、どうやらそうではなさそうだ」

「藤侍従……」

「だが、俺は本当に呆れているぞ！」

情けない声を出す友人を、征礼は叱りつけた。

そのあと禎生は平身低頭で、ものすごい回数の謝罪と礼を繰り返してからようやく帰っていった。あまりにもしつこいので、征礼が〝もう、帰れ〟と言ったのだ。

禎生が姿を消してから、征礼はがっくりと肩を落とした。

「明日からしばらく騒がしいぞ」

「うん、でも良かったんじゃない」

征礼は抗議するような目で荇子を見た。荇子は悪戯が見つかった子供のように視線をそらし、素知らぬふりで言った。

「私、太守の姫宮が羨ましいわ」

そらした視線の先で、征礼がはたしてどんな顔をしているのか。まだその顔を見る勇気はない。少女の頃からずっと心にある頑ななものは、今回の件で少し崩れた。けれどまだ頑固に根を張っているからだ。

いったん気持ちを切り替えると、荇子はさらりと話題を逸らした。

「だったら源大夫の陸奥国行きの保留は、内大臣を慮ったわけではなかったのね」

臣下達がこぞって反対し、本来であれば誰よりも有任を追放したいはずの左大臣(さだいじん)までもが断固として反対していたこの人事。彼等の抗議にまったく耳をかさなかった帝が、とつぜん内大臣の訴えを受け入れた。それは太守の姫宮がからんでのことだとほとんどの者が思っていた。

「そんな大袈裟なことじゃない」

素っ気なく征礼は言った。視界の端で、彼の表情ががらりと変わったのが見えた。荇子はそらしていた視線を戻した。

「保留だったからな、あくまでも」

「うん、まあ……」

「そろそろ目代(もくだい)も帰京してくる頃だ。そうなったら、いずれ下向していただかなければならないのだから」

それきり征礼は口をつぐんだ。大殿油(おおとのあぶら)の明かりが照らし出す彼の面差し(おもざし)は、ひどく疲れきっているように見えた。

翌日、太守の姫宮と民部少輔(みんぶのしょう)・藤原禎生の醜聞(しゅうぶん)は御所中に広まっていた。

耳にした噂は概ね事実で、唯一捻じ曲げられて伝わっていたのは『母親の太守妃は、娘と民部少輔の仲を知らなかった』ということだった。

二人の仲を承知した上で入内を画策したとなれば、咎めは免れない。今回の参内は入内ではなかったが、それでも内大臣を謀ったことは間違いない。しかし〝知らなかった〟となれば、母としての監督不行き届きは責められても騙したことにはならない。彼女も内大臣と同じく被害者という立場になる。

内侍司は、この噂で持ち切りだった。

「それにしても、思いがけないお相手だったわね。まさか民部少輔だとは」

「確かに身分違いだけど、一応殿上の資格はあるし、あの方の若さと美しさを考えたらそう悪くはない気もするわ」

「そうね。いくら身分が高くても、二十も三十も歳の離れた殿方を婿に迎えるよりは、ずっといいかもね」

「婿に迎えるといっても、太守の姫宮様は少輔の家でお暮らしなのでしょう」

「そうらしいわね。姫宮の乳姉妹も、少輔の家に行ったらしいわ」

既成事実として、二人の仲は認められつつあった。激怒した太守妃が力ずくで連れ戻しやしないかと危ぶんだが、それはしなかった。そもそもここまで評判になれば、いまさら他の婿を迎えるなどとうてい考えられない話だ。

あるいはあのしたたかな太守の姫宮は、母親を脅したのではないかと思った。禎生との仲を知りながら入内を目論んだことを黙っている代わりに、これ以上自分達の仲に介入するなと。

今回の件で、世間は太守妃に対して同情的だった。しかし真相が明るみに晒されれば、内大臣からはもちろん世間からの批難も免れない。

怒りと保身を天秤にかけた太守妃は、保身を選んだのかもしれない。

「それで、民部少輔の御咎めはどうなったの？」

弁内侍が言った。これだけ雑談をつづけながらでも仕事が進められるのは、書字ではなく紙切りや糊付け等の流れ作業だからである。

「譴責ということで終わりそうよ。謹慎か減俸も検討されたみたいだけど、想いあった者同士が追い詰められてのことだから、とか言って左大臣がかばってあげたみたい」

権掌侍の説明に、その場にいた内侍全員が失笑した。

左大臣からすれば、禎生には報酬を与えたいぐらいのものだろう。それをさも情に厚い人間のように語るとは、まったく片腹が痛い。

禎生もしばらくは居心地が悪いだろうが、それぐらいは覚悟してもらわないと困る。

元より太守の姫宮には、処分を科すことはできない。こういう場合の女人への処分は御所からの追放だが、彼女は自分から出ている。男女を問わず身分の高い者への処分は、よほど悪質でもないかぎり、あやふやに処されることが殆どなのだ。

そうやって考えれば醜聞による社会的制裁というのが、このような場合、最も重い罰と言えるのかもしれなかった。

加賀内侍が人差し指と中指で頬を押さえ、ため息まじりに漏らした。

「太守の姫宮も、しばらくは世間の声がお辛いことでしょうね」

「お邸の中で暮らしているのなら、民部少輔が言わないかぎりは噂など耳に入りません」

荇子の答えに、加賀内侍はちょっと考えたあと「そりゃ、そうね」と笑った。周りにいた他の内侍達も声をあげて笑った。

世間一般、もっと限定して言えば男達や一部の女人からすれば〝はしたない〟の一言に尽きる太守の姫宮の行動に、御所の女房達は比較的寛容だった。察するに女側にとって、いわゆる下方婚であったことも大きかったのだろう。これが玉の輿婚だったら、おそらく悪し様に言われている。

女御付きの女房達の反応も同じようなものだ。手強いと身構えていた相手が、実は敵ではなかったと分かったのだから、拍子抜けしつつも安心しただろう。

内侍達の笑い声が途切れた頃、それまで黙って話を聞いていた如子が口を開く。

「恥をかく勇気があれば、たいていの恋は貫けるものなのね」

不思議なほどに心が揺れた。それは侮蔑や呆れたようなものではなく、むしろ称賛するかのような口ぶりだった。そしてどこかに親し気な含みがあった。あるいは言葉そのものより、声音のほうが荇子の胸には響いたのかもしれなかった。

「名言ですね」

荇子が言うと、如子は得意気な顔を返した。

そのあとはお喋りを止めて、しばらく作業に集中していた。

半刻ほど経過した頃、外から女の慟哭が響いてきた。

「な、なにごと⁉」

奥の席の者達は目を見合わせ、端近の席にいた荇子が御簾をかき分ける。壺庭の立蔀の前、濃緑の葉を茂らせる橘の陰に三人の女嬬が固まっていた。

そのうち一人が目敏く荇子に気づいた。

「すみません、騒がしくして……」

「いやっ、どうして、どうしてっ！」

二人の同僚に挟まれて泣きわめいていたのは、薺女だった。

よもや、また長橋局にいびられでもしたのだろうか？　今日は清涼殿のほうに回っているはずだったが。

「薺女、むこうに行こう。ねっ」

顔をおおって咽び泣く薺女を、二人の女孀が支えている。そうでもしなければ地面に崩れ落ちてしまいそうな勢いだった。どうやら長橋局にいびられた程度のことではなさそうだ。女童や入ったばかりの新人女官でもあるまいし、上の者から叱責されたぐらいでこんな前後不覚になるほど泣き叫んだりはしない。

「なにがあったの？」

荇子は尋ねた。気がつくと他の内侍達が、後ろからのぞきこんでいた。薺女はいっこうに静まる気配を見せない。彼女の細い喉の奥からしぼりだされる嗚咽は、永遠に途絶えることがないかのようだ。

「なにごとです？」

そう尋ねたのは如子だった。

荇子の後ろに立ち、御簾を持ち上げている。まだあまり親しんだことのない内侍司首席の登場に、女孀達はぴんっと背中を伸ばす。二人はどうしようかというように目配せをしあい、少し年長と思しき薄紅色の小袖を着た女孀が切りだす。

「実はこの娘の、薺女の許婚が——」

薺女の許婚といえば、確か陸奥国の目代だ。苛政を訴えられ、帰京を命じられているはずだ。その後任として有任が出向くことになっているが、どちらもまだ滞ったままだ。

「許婚が、赴任先で亡くなったのです」

3章　七夕の前の話

神今食が終わって数日が経つと、朝晩の風も少し涼しく感じるようになってきた。

荇子達が台盤所に差しかかる西日に目を眇めている頃、昼過ぎにいったん帰宅した公卿達がふたたび参内してきた。ちょうど交代の頃だったので、荇子は先番の命婦に代わって台盤所から昼御座の几帳の陰に移った。

帝は東廂の平敷御座に座っている。斜め後ろから見ると、顎から首筋への描線の美しさがさらに際立っている。

孫廂に上がっていたのは、左大臣と内大臣。それに一の大納言の三人である。高齢の右大臣は、最初から二度目の参内はしていなかった。

三人の中から、左大臣が膝行した。

「まさか目代が百姓に暗殺されるとは。陸奥がかようなまで不穏な状態とあれば、凡庸な者を配するわけにはまいりませぬ」

帰京を命じられていた目代が現地で亡くなったことは、すでに知れ渡っていた。

その死因は恨みを抱いた百姓達による殺害だというのだから、不穏である。罷免も召還も決まっていた者にそこまでするというのも解せないが、そうとうに恨みがひどかったのだろうか。

「事は急を要します。やはり主上の仰せに従い、源大夫を陸奥国に赴任させるべきものと存じます」

これまでずっと有任(ありたか)の赴任に反対していた左大臣が、ついに翻意(ほんい)した。

「私は反対でございます」

内大臣が声をあげた。しかしその勢いは先日より弱い。太守(たいしゅ)の姫宮の騒動で顔に泥を塗られた彼だが、御所に迷惑をかけたという点では騒動を起こした側でもある。居たたまれない気持ちもあるだろう。さりとてこのまま左大臣の意見を通しては、弘徽殿(こきでん)女御の立后(りっこう)が現実味を帯びる。

「私も内大臣に同意でございます」

「しっかりと探せば、適した者は他にもいるはずです」

一の大納言の援護を受けて、内大臣はさらに訴えるがやはり勢いはない。

「事は急を要する。さような余裕があるか」

左大臣は声を強くした。先日とは別人のようだ。彼の立場を考えれば最初から反対する必要もなかったのだが、良心の呵責(かしゃく)や世間体(せけんてい)から反対する他の公卿達と意見をあわせていた。だがここにきて、有任の赴任に賛同するかっこうの理由が見つかった。あたかも〝泣いて馬謖(ばしょく)を斬る〟かのごとく訴えてくる姿が白々しい。

返答に窮(きゅう)する内大臣に、荇子は呆(あき)れた。ここに至るまでそれなりに時間はあったのだから、なぜ対策を考えておかなかったのか。たとえば有任の代わりとなる人材に目処をつけておけば、この場での反論も容易であっただろうに。

「左の大臣の申す通りだ」

それまで黙っていた帝が言った。

その声の響きだけで、荇子は帝の決意を悟った。

これはもう決定だ。誰がなにを言おうと帝は有任の陸奥赴任を断行する。そもそも彼が犯したことの深刻さを考えれば、最初から避けられない事態だったのだ。

とはいえ、引っかかる点はある。

一時的とはいえ、なぜ帝は有任の赴任を保留したのか？

最初は太守の姫宮の存在ゆえかと思ったが、帝は彼女の入内など望んでいなかった。それなのに、なぜ内大臣の意向を慮るような真似をしたのか。

荇子の疑問をよそに、帝は一方的に話を進める。

「もとより源大夫は、赴任をすでに承知している。悪戯に長期に待機させていては、彼も身動きが取れない。近日のうちに罷申を行わせる」

揺るぎがない帝の態度に、内大臣と一の大納言は反論の術なく口を噤む。

はて、左大臣はどんな顔をしているのだろう。腹の中では、娘のための新しい中宮大夫の人事など考えているのかもしれない。

「吉日を調べ、早急に罷申の日取りを決めるよう計らえ」

「承知いたしました」

軽快に応じた左大臣とは対照的に、内大臣と一の大納言はがっくりと項垂れていた。

三人の臣下が去ってからも、帝はしばらく立ち上がらなかった。脇息に肘をつき、ぼんやりと東庭を眺めている。

どうしたものか、なにか声をかけたほうがよいのだろうか？　短い躊躇のあと、荇子は几帳からいざり出る。

「主上、まだこちらにいらっしゃいますか？」

休むのなら奥の御帳台、ないしは朝餉間のほうが過ごしやすいだろう。そのつもりで声をかけると、帝はひょいと身体を捻った。

「江内侍か……」

「はい」

「ここでよい。この時間の朝餉間は西日が眩しい」

確かに。特に夏季は日差しが強く、目も開けていられないほどだ。ならば白湯でもお持ちするかと考えていると、おもむろに帝が言う。

「話がある。ちこう寄れ」

「はあ……」

荇子は気乗りしない口ぶりで膝行した。腹の底がなかなか読めない相手だけになにを言われるのか見当もつかぬが、これまでの経緯からあまりよい予感がしない。というか厄介事しか考えられない。

畳一帖程の距離で止まった荇子に、帝は世間話でもするように語りかけた。

「この間の話を覚えているか?」

「話?」

色々とありすぎて、どれのことだか分からない。ここひと月余り、びっくりするぐらい帝と話をしている。荇子の身分では本来は考えられぬことだが、二人きりの秘密を共有しているのだからしかたがない。

「里内裏に行くよう、申しつけたであろう」

「あ」

荇子は短く声を漏らした。

「頃合いだ。見舞いに行ってまいれ」

本気だったのかとは思ったが、確かにこんなことで冗談をいう意味がない。しかし中宮の様子を見にいくのなら、かつての女房であった如子のほうが適任ではないか。

「あの、私より内府典侍が宜しいのでは？」

「不束者が」

帝の口調が言葉の意味とはかけ離れた軽いものだったので、一瞬非難されていることに気づかなかった。しばしぽかんとしたのち荇子は気付く。

そうだった。

如子は中宮と有任の関係は薄々察していても、子供の存在は知らない。その彼女が里内裏を訪ねて、もしも子供の姿を目にするようなことがあれば……そうでなくても勘が良い如子が、なにかに気付く可能性はある。

「至りませんでした」

「そうでもない。すぐに気付いたではないか」

などと帝は言うが、だったら間髪を容れない〝不束者〟という批難もどうかと思う。無意識のうちに頰を膨らませる荇子に、帝はからかうような目をする。ひょっとして、まだなにか言いたいことがあるのか？

（いや、絶対にあるでしょ）

そもそも見舞いに行け、という命令そのものがおかしい。

確かに帝は、中宮と有任の不貞にはさほどの怒りを抱いていないように見える。だからといって彼等を気遣うわけもない。そんな仏のような人間がいるはずがない。古今東西を探せばいるかもしれないが、帝は絶対にちがう。よっておためごかしなどであるはずがない。

ならば荇子を里内裏に遣わす理由はなんなのか。

それがただの遣いでないのなら、はっきり言って行きたくない。さらなる秘密を負わされることが目に見えているのだから。

とはいえ一介の女房に、帝の命を断れるはずもない。

平穏無事に過ごすために、あらゆる騒動に巻き込まれたくないと思っていた。けれどすでに巻き込まれてしまった騒動は、解決するよりしかたがない。

なるほど。自分にはもはや穏やかに過ごす術はなくなってしまったのだ。

生涯宮仕えをつづける為に、あらゆる火の粉をかぶらぬように注意してきた。けれどもはやそんなことは叶わない。図らずも帝の秘密を知ってしまったことで、荇子はすでに引き返せなくなってしまっていたのだ。

そう考えると気が重いが、別に悪いことばかりではない。

引き換えに如子を典侍に就けることができたではないか。

帝の信頼を勝ち取ることは、今後宮仕えをつづけるにあたって優位に働くはずだ。

そうだ。苦労や損ばかりではないのだと、自分に言い聞かせる。でなければ、やってられない。

（しかたがない）

腹をくくった荇子は、膝行する。短帖程の位置まで距離を詰めたところで、顔をぐっと持ち上げる。

「ご意向を、詳しくお聞かせいただけますか？」

つむいだその言葉に、帝はわが意を得たりと言わんばかりの顔をした。


「それで結局、源大夫の下向は決まったのね」

「ええ。昨日のうちに先使を遣わしたらしいから、さすがに覆らないでしょう」

昼下がりの内侍所でも、有任下向の話題で持ちきりだった。先使とは国司赴任に先立って現地に送る遣いのことで、新任者の情報や下向する日取りなどを記した文書を携えている。

「そうでしょうね。近々に罷申に参内なさると聞いたわ」

「え、いつ？」

内侍達のお喋りにも、苻子は淡々と仕事を片付けていた。彼女達の語る内容に興味はない。なぜならそんな情報はとっくに知っているからだ。

「それで中宮大夫の後任はどうなるの？」

「さあ、見当もつかないわよね」

遥任ならともかく、現地赴任の陸奥守に中宮大夫は兼任できない。今回の赴任により有任が中宮大夫を降りることは決まっている。しかし後任を探すとしても、いま中宮職に名乗りをあげる者などいるはずもない。自ら泥船に乗りこむようなものなのだから。

そもそも帝と左大臣が廃后を目論んでいるのなら、後任を選ぶはずもない。あるいはなんとしても廃后を阻止したい内大臣達が、人身御供的に誰かを選ぶかもしれないが。

一通り雑談を終えて、内侍達はそれぞれの持ち場に戻る。だらだらと長引かせずに適当なところで切りあげるのは皆お手の物だ。それでも如子が来るまでは、長橋局が自分の虫の居所で〝内侍としての自覚が足らぬ〟などと怒っていた。しかし如子に叱責を受けて以来そんなこともなくなり、いまも大人しく作業をこなしている。こういうさまを目にするにつけて、如子を推薦したことは義俠心や友情だけではなく、苻子自身にも利のあることだったと実感する。

その如子が内侍所に入ってきたのは、壺庭から蜩の物悲しい鳴き声が聞こえてきた頃だった。今日は休みを取っていたはずだが、どうしたことだろう。褻の装いは鳥の子色の縠紗の袿。三重襷の地紋に鳳凰を織り出した二陪織物だ。袖口と裾からのぞく単は柔らかい色合いの淡黄で、威に満ちた美貌の如子にはちょっと珍しい優し気な装いだった。

「典侍？」

いち早く気付いた加賀内侍が名を呼んだことで、内侍達の視線が集まる。御簾をかきわけた如子は、下長押を越えないまま荇子にと視線をむける。

「江内侍、ちょっといい」

指名に荇子は即座に腰を浮かす。如子相手に緊張を伴うのはいつものことだが、今日は特に背筋が伸びる。というのも如子の口調がいつになく困惑しているように聞こえたからだ。

内侍達の視線を背に、荇子は如子と一緒に内侍所を出た。中渡殿を通って、西隣の綾綺殿に入る。こちらは内宴等に使われる建物なので、普段は人気がない。

「主上となにかあったの？」

なんとも意味深な問いに、荇子はあ然とする。まともに聞けば、寝所に侍ったと取られかねない。そのことに気づいた瞬間、あたふたと手を振る。

「な、なにもないですよ！」

「だって主上が、あなたを中宮様への遣いに出すように命ぜられたのよ」

「え？」

そっちかと、ちょっと拍子抜けした。もちろん忘れていたわけではないが、いつ行くかは決めていない。むこうの都合もあるし、こちらも休暇を申請しなければならない。

（ていうか、休みじゃなくて仕事だし！）

そもそも中宮とは、訪問の可否を問えるような関係ではない。そうなると誰かに根回しをしてもらわなければならないわけだが、そのあたりは帝も承知していて、それで如子に仲介を頼んだということなのか。関係を考えれば、帝と中宮はどちらも連絡など取りあっていないだろうから。

それにしてもなぜ如子に？　どうしたって不審に思われるのは目に見えているではないか。なにより取りつくろう、こっちの身にもなってくれ。

「いったいなにがあったの？」

柳眉をひそめた如子に問い詰められ、荇子はますます帝を恨めしく思う。

「……その、あの夜に中宮のお姿を拝したのは私と典侍だけですから」

苦し紛れの一言に、如子は考えるような顔をする。あの夜というのが、錯乱した中宮が帝に仏具を戻しにきた晩を指していることはすぐに悟ったようだった。中宮を連れて帰るために如子は途中で退席した。有任が中宮との不貞、そして子の存在を認めたのはそのあとだったから、肝心なことを如子は知らない。

「確かに、私かあなたしかいないわね」

「でしょう」

　思わず声を弾ませた荇子に、如子はたちまち胡散臭げな顔をする。これはまずい、と荇子はあわてて表情を引き締める。

「そのような事情で、私が指名されたものと存じます。もちろん主上のご真意は、私などには計りかねますが」

　謙遜や卑下ではなく、本心だ。帝の真意は未だ分からない。こちらの想像以上に何事も深く考えているのだろうけれど、それを推察できるほどの能力を荇子は持たない。おそらく宮中にいる誰にもできない。唯一征礼なら可能かもしれないけれど。

「でも、それならば私のほうが適任だと思わない？」

「それは……」

　如子の指摘に、荇子は言葉を詰まらせる。その通りである。なんのわだかまりもない主従とはけして言えないが、如子は中宮の女房で従妹だ。遣いとするなら彼女のほうが断然ふさわしい。

「なぜ主上は、私ではなくあなたに行かせるのかしら」

素朴な如子の問いに、うまい言い訳が思い浮かばない。

落ちつけ。落ちついて矛盾のない言い訳を考えろと、自分に言い聞かせる。しかし考えれば考えるだけ混乱してしまう。迂闊になにか口走るよりは、いっそのこと「主上の思し召し」で逃げ切ったほうがよいのではないか？　けれどそんなことを言えば、如子との関係に罅が入りかねない。それは困る。ようやく得られた良き上司なのに。

いよいよ追い詰められた荇子を見て、如子はとつぜん笑った。

「やっぱりね」

「はい？」

「あなた、なにか主上の弱みを握っているんでしょ」

絶句するしかなかった。なにせその通りなのだから。

「ずっと不思議だったのよ。内侍のあなたの口利きで典侍に就けるなんて」

「……」

言われてみればその通りである。如子からすれば彼女が言ったとおり『助かった』であろうが、疑問は残ったはずだ。なぜ荇子のような中﨟一人の働きかけで、上﨟の人事が決まったのか。

「誰かの弱みを握っているのだろうとは思っていたけど、これで誰だかが分かったわ」

そう語る如子は、とても楽しそうだった。鈍色の凍雲の下でも艶やかに花開く深紅の寒椿のようなこの女人は、その神秘的な美貌とは裏腹に俗っぽい。藤壺での良くない人間関係下では、俗な話をする相手もいなかったから誰にも気づかれなかったようだが。

「あの、典侍……」

「ありがとう。私のために主上を強請ってくれて」

ずっと不思議だった疑問が解決したからか、如子は晴れ晴れとしている。

人聞きが悪いと反論したかったが、事実だからしかたがない。

それにしてもこの人も、随分と素直に礼を言うようになったものだ。出会った当初はなにかといえば〝借りは返す〟と言って、なかなか謝意を示さなかったくせに。可愛げは感じるが、もちろんそんな思いは露程も出さずに荇子は渋い表情のままだ。

「そんなことを言われても、これ以上は教えませんよ」

「分かっているわよ」

如子は言った。

「だって私がそれを無理やり聞けば、あなたは強請りの材料を失ってしまう。そんなことになれば私は、せっかくあなたが世話してくれたこの仕事を失ってしまうものね」

「その通りです」

荇子が答えると、如子はわが意を得たりとばかりに大きくうなずく。そうしてきれいに紅をかさねた口端をくっと持ち上げ、まるで昔からの親友であるかのような笑みを浮かべて言った。

「分かったわ。気をつけて行ってきてね」


新陸奥守・源有任が罷申に参内したのは、大祓を二日後に控えた水無月下旬だった。国司は任命を受けてから、百二十日以内に出立せねばならぬとされている。皐月下旬の任命で、反対やら保留やらの騒動があったわりには早い展開だった。もちろん罷申をした足で、そのまま任国に直行するわけではない。

陸奥守の任命を受けて、有任は中宮大夫の職を解かれた。後任は決まっていない。後ろ盾を奪って中宮を窮地に陥れようとしている、左大臣の意図は明白だった。

朝から油蟬がやかましく鳴きつづけるその日、荇子は卓子と弁内侍の三人で南廊の御簾の陰に潜んでいた。殿上間のすぐ横にあるこの廊からは、清涼殿の孫廂が見える。つまり殿上間から御前（この場合は昼御座の前）にむかう通路を見ることができるのだ。

「そういえば…」と卓子が切り出した。

「少し前に殿上間をのぞいてきたのですが、見送りの公卿の方々はあまりいらっしゃいませんでした」

「え、あれだけ同情していたくせに？」

弁内侍は呆れたように言うが、そんなものだろうと荇子は思った。ここで下手に有任に同情の意を示して、帝や左大臣ににらまれるのも今後を考えれば損でしかない。もっと良心的に考えれば、この状況の有任にかける言葉もなく気まずさから敢えて避けたという者もいるのかもしれない。極端な善人か悪人でもないかぎり、双方の感情が入り交じってしまうのが普通だろう。

「この暑い中、その為だけに参内する人はいないでしょう」

素っ気なく荇子は言った。蟬の鳴き声があまりにもうるさくて、耳の奥がわんわんとしている。険しい表情の荇子を一瞥し、弁内侍がうなずいた。

「……そうね。栄転ならともかく」

「あ、いらっしゃいました」

卓子が声をひそめた。殿上間の上戸が開き、有任が姿を見せた。年中行事を記した衝立障子を迂回して、手前の孫廂に上がった。

およそひと月ぶりに目にした有任の姿は、少し痩せたように見えた。しかし端正さは少しも衰えていない。橡の穀紗の袍から透けて見える蘇芳色の単。高雅な着こなしにも、ただよう香の優雅な薫りにも、従四位の貴族にふさわしい貴顕がある。

御簾内の苻子達の存在には気付いていないようで、ちらりとも目をやることなく御前にむかって歩いてゆく。やがてその姿が柱の陰に隠れて見えなくなったとき、弁内侍が息をついた。

「いや増すように、落ちついておいでだったわね」

「心労から、きっとやつれておられるだろうと思っていました……」

「やつれてはおられたわ。ただ、弱々しい感じではなかった」

弁内侍の言葉は、単純だが的を射ていると苻子は思った。

痩せていたし、やつれてもいた。ただ有任からは覚悟がうかがえたから、そこに諦観とはちがう落ちつきがあった。

帝から不貞を指摘されたとき、彼は〝言い訳はしない〟と言った。

思うところはあっただろうが、帝の中宮に対する不実を責めることはしなかった。まして自らの非の一端を負わせようとする態度は微塵も見せなかった。罪と承知したうえで及んだ行為への覚悟は、足を踏み入れたときから持っていたのだろう。

「あのように優れた方が、都を追われるだなんて」

たまりかねたように卓子が声を詰まらせる。雀騒動のときや騎射など、ここ最近の卓子は有任と縁があった。年若く世慣れもしていない彼女の目に、有任の現状は政争に負けた者への非情な措置と映ったのかもしれなかった。

実際はそうではない。

有任がいまこの場にいるのは、間違いなく自業自得だ。

許されぬ恋を貫いたことで、彼は地位も栄光もすべて失った。消沈しているはずだ。将来への不安もあるだろう。慣れ親しんだ都、親しい者達と別れねばならぬ寂寥も深いはずだ。

だというのになぜ有任は、あのように微塵の後悔もうかがえない、揺るぎのないたたずまいを放っているのか。

荇子はもう一度、孫廂に目をむけた。ちょうど有任は着座したところだった。御簾のむこう昼御座には帝が座っている。

有任の向こう側には、見送りの殿上人達が数名座っている。その中には緋色の袍を着けた征礼がいた。この場に彼がいることが、帝の意向か本人の意志なのかは分からない。

他には善良なことで評判の三条大納言と、反骨精神旺盛な右衛門督。

もっとも意外だったのは、頭中将・直嗣の姿だった。父・左大臣の立場を考えれば、単純に解せない。

「なぜ、頭中将が？」

「左大臣もこのままじゃ寝覚めが悪いから、息子を寄越したのじゃない？」

なるほどと思うようなことを弁内侍が言った。

「菅公（菅原道真）のようなことにでもなったら、大事だからね」

「新陸奥守（有任のこと）は、そんな方ではありませんよ」

頬を膨らませる卓子に、弁内侍があわてて言い訳をする。

「ごめん、ごめん。失言だったわ」

二人のやり取りを聞きながら、荇子は孫廂奥に控える直嗣に目をむけた。

距離がある上に御簾が下りているので表情は分からない。見送りの目的はおそらく弁内侍の指摘通りで、父親の意向を汲んでのものだろう。

そのいっぽうで実はまっすぐで潔癖なところがあるあの青年が、父親の意向に逆らって有任の見送りに来たとしても、さほど意外ではない気もした。

御前にて型通りの口上を述べた有任に、帝も型通りのはなむけの言葉を返す。それからいったん言葉を切り、付け足すように言った。

「目代があのような惨事に見舞われ、引継ぎもままならぬうえで不安も多かろう。分からぬことがあれば、前の陸奥守にも尋ねるとよい。ともかくあちらでは現地の者達と融和を図り、是非とも良き関係を築くように心を砕け」

なにを的外れなことを、と荇子は思った。遥任であった前の陸奥守が知っている現地の情報など、たかが知れている。そもそも訴状にかんしての彼の言い分を思いだせば、そんな言葉は出てこないはずだ。

前の陸奥守曰く。主としての管理不行き届きは認めるが、目代の悪行に自分は関与していない。規定の官物（租税、貢納物の総称）がまちがいなく届いていたので、すっかり信頼しきっていたのだということだった。

もしもその言い分が真実なら、現地の状況にかんして訊いたところでなにも答えられないはずだ。そうではなくすべての罪を目代にかぶせるつもりで嘘をついているのなら、今度はなにも知らないふりをするであろう。

いずれにしろ悪政を働いた目代が殺害されてしまったとあっては、真相を調べることは困難で、もはや国守の罷免という形で手を打つしか術がなかったというのが、今回の事件の結末にはなりそうだった。

文月朔日。願解きに行くと偽って、荇子は御所を出た。

行き先は三条にある先の左大臣邸。里内裏と称される中宮の実家である。

その距離なら徒歩でも良いかと思ったが、暦の上ではいくら秋でも日中はまだ暑いからと、如子が牛車を準備してくれた。

一町の面積を有する豪奢な邸宅は、かつては人に車にと大変なにぎわいだったのだろうが、いまは訪れる人もなくひっそりと静まり返っている。

車は門をくぐった。物見の先から見える庭は夏草が生い茂っており、手入れが行き届いていないことは明白だった。いまは保たれているが、邸をぐるりと囲む築地もこのままではいずれ崩れてゆくだろう。

(むしろ、そのほうが都合がよい)

車寄せに上がると、床のひやりとした感触が心地よかった。寂れた庭とは対照的に屋内の掃除は行き届いているようだ。

「どうぞ。中宮様が奥でお待ちです」

出迎えの三十歳前後の女房に、荇子は見覚えがあった。確か中宮の乳姉妹である。御所でも何度か姿を目にしていた。御所を下がるにあたって中宮が連れ帰った女房は乳母と乳姉妹だけと聞いている。おそらく彼等は子の存在を知っているだろう。

涼し気な褻の装いである単重ねの彼女を、正装の唐衣裳の荇子は心底羨んだ。下手に車を使ったから正装でなければならなくなったと考えると、如子の気遣いも善し悪しだった。もっとも人の出入りが多い以前なら、この女房も唐衣裳姿で帝の遣いである荇子を出迎えたのだろうけれど。

中門廊を進み、東の対に上がる。妻戸を開き中に入ると、覚えのある荷葉の薫りが鼻を抜ける。それは藤壺の殿舎と比較してずいぶんと控えめだった。

廂を進むと、下長押を挟んだ先の母屋の御座所に中宮がいた。

御簾は半分以上巻き上げられていたので、その麗姿が明らかになっていた。右膝を立てた姿勢で、脇息を使わずにまっすぐ背を伸ばしてこちらを見る中宮を一瞥し、荇子は瞬時に彼女の回復を悟った。

御所での中宮は、気鬱がひどくて焦点もあわぬ目をしていた。最後のほうは現も分からぬほどに錯乱していた程だった。凍雲の下で凜として艶やかな花を咲かせる寒椿に喩えられる厳かな美貌を誇っていた女人のそんな姿は、枯草の上で花弁をばらばらに散らした山茶花のように哀れであった。

しかしいまの中宮は、かつての威厳と落ち着きを取り戻していた。二藍の平絹が透けるさまは優雅で威厳に満ちている。装いは萩のかさね。白い糸で胡蝶の文様を織り出した紫の穀紗の袿から、

荇子は中宮の正面にまわり、膝をついた。

「中宮に拝謁いたします」

「堅苦しい挨拶はいりませぬ。そなたの名は？」

荇子は顔をあげた。普通に考えればおかしな問いだ。荇子は中宮と面識があり、名も告げていた。それも何年も前ではなく、今年の騎射のときだから二か月も経っていない。けれどあの前後の中宮の状態を思えば、それもやむなしやもしれなかった。

「江内侍と申します」

中宮はあたかも記憶をさぐるように、ぎゅっと柳眉をよせた。けれどやはり定かではないのか、思いだすのを諦めたように表情を元に戻した。

「では江内侍。そなたはなぜ、吾子のことを知っているのです？」

緊張で身体が強張った。

若宮のことで話がある、そう伝えて謁見にこぎつけた。そうでもなければ、いくら帝の遣いだと言っても会ってもらえなかったかもしれない。中宮も帝の勘気など、いまさら恐

れてもいないだろうから、素直に従うはずもない。ちなみに若宮と称したのは、他に表現が思いつかなかっただけで他意はない。

　荇子は自身の緊張をゆっくりと解きほぐす。

「御記憶ではないかもしれませぬが、私はその場に同席いたしておりました」

　傍にいた乳姉妹の女房が驚愕の表情を見せた。この場に控えているのは彼女だけで、他には女房どころか侍女もいなかった。あれだけ華やかだった藤壺の女房達は、中宮が御所を下がるさいにほとんどの者が暇を出されていた。

「さようでしたか。ですが……あいにくと私は覚えておりませぬ」

　気の無い中宮の返事に、荇子は淡泊に返した。

「ご安心を。この件を知る者は御所にはおりませぬ」

　御所にはいない。敢えて知っている者が自分だけだと言わなかったのは、下手に限定して身の危険が及ぶ可能性を考えたからである。ここで荇子の口を塞いだところで、帝が真相を知っている。そもそもいまの中宮にそんな凶悪な真似ができるとは思えない。しかし万が一ということもある。

　内心ではひどく緊張していた。このあと伝えねばならぬことを考えると、この場から逃げ出したいほどである。

それきり、やり取りは途絶えた。

胡乱(うろん)な面持(おもも)ちを浮かべる中宮に、荇子は話題を切りだす間合いを図る。いったいどういう言葉を使ったら、穏便に話が進められるだろうか。いや、どう言葉を選んだところで無理な話だ。だったらいっそのこと率直(そっちょく)に言うべきか。けれど逆鱗(げきりん)に触れた結果、聞く耳を持たれぬ危険性もある。

どうしよう、どうするべきか。悶々(もんもん)と逡巡(しゅんじゅん)していたさなかだった。

「それで要件はなんなのです?」

荇子の迷いを一笑するように、単刀直入(たんとうちょくにゅう)に中宮が問うた。

下長押の先で、中宮はなんの不安もない人のように泰然としている。事柄だけを言えば夫を裏切り、その結果あらゆるものを失いかけている女人が、なぜこうまで誇り高くあるものか常識では分からない。そういえば罷申(まかりもうし)に参内(さんだい)した有任も、こんな空気をまとっていた。

彼等のたたずまいが、荇子の背中を押した。

こくりと息を呑(の)み、ひきつった唇をぎこちなく動かす。

「主上からの御勧奨(ごかんしょう)です」

乳姉妹の女房が怪訝(けげん)な顔をする。

「中宮の御位を、どうぞご返上なさいませ」

「無礼な！」

声をあげたのは乳姉妹だった。腰を浮かし、つかみかからんばかりである。もっと身分の低い者同士だったら、髪の毛を引っぱられていたのではと思うほどの剣幕だ。

しかし当の中宮はといえば、これといって動揺した素振りは見せない。予想していたのか、それとも執着がないのか、どちらなのか分からない。

しばしの沈黙ののち、中宮は切り出した。

「それを了承して、私になんの得があるのですか？」

不貞を犯した身とは思えぬ言い分だ。理由がなんであれ、不貞が露見したのだから離婚は甘受するしかない。男は複数の女を持つことが公然と許されているのにと納得できないところはあるが、別に悪い方の道義に倣う必要もない。それを損得などと、あまりの開き直りように荇子は絶句する。

「誤解をせぬよう」

中宮は言った。

「中宮位を退くことは、私がしたことを考えれば致し方ないことです。されどここで私が降りれば、とうぜん次の中宮を誰にするかという争いになってくる。さように面倒なことを、あの主上が望むわけがないでしょう」

「……」

「あの御方は誰が中宮で誰が女御かなど、いっさい関心をお持ちではない。それこそ鵺(ぬえ)が待っていたところで、そこが上御局(うえのみつぼね)であれば枕を交わすはずです」

なるほど。険悪とはいえ、数年夫婦だっただけはある。弘徽殿や麗景殿(れいけいでん)達が気付いていない帝の本性をしっかりと見抜いている。

皮肉交じりに感心する苻子に、今度は中宮が斬りこんだ。

「主上の目的は、なんですか?」

単刀直入な物言いは如子を思い出させる。

もはや嘘やごまかしは利(き)かない。さりとて知られてはならぬこともあり、そのためは薄氷を踏むほどぎりぎりの駆け引きが必要とされる。

「事を穏便に終わらせるためです。非礼を承知で申し上げます。このことが公(おおやけ)になれば前代未聞の醜聞(しゅうぶん)。中宮様はもとより源大夫(だいぶ)も、陸奥国赴任(ふにん)程度では終わりますまい」

これは間違いない真実である。

しかし帝の真の目的は、そんなものではない。個人的な感情だけで言えば、帝は中宮にも有任にもまったく怒っていない。なぜなら中宮を愛していないからだ。もちろん中宮も帝を愛してなどいない。

中宮はふんと鼻を鳴らした。

「であれば、主上は廃后などなさらない。このまま私を里内裏に幽閉し、名目だけの中宮に据えておいたほうが、わが娘を中宮にと争う公卿達を退けられるのではありませんか」

冷静に返された荇子は息を呑む。これは手強い。御所にいたときとは別人のようだ。さすが如子の従姉だ。もしかしたら南院家の血筋というやつかもしれない。皇太后は、高慢と思い上がりが過ぎて自滅していたけれど。

荇子は必死に考えを巡らせる。

不貞をしたという負い目につけこむことは意味がない。なぜなら中宮は悪いと思っていない。同じ人間である妻を鵜のように扱った夫の自業自得だと思っている。

ならば中宮の心を揺する相手は誰だ。彼女が負い目を感じる相手は――彼等しかいないではないか。

「吾子さまは、どうなさるのですか？」

はじめて中宮の表情が強張った。

まずはわが子だ。その想いは、有任に対するものとはまったく別だ。彼はすでに成人しており、いかなる事情があれど結局は自らの意志で選択した。

けれど子供はちがう。

彼等はなんとしても、わが子を守らなければならない。

「あの方が陸奥に連れていきます。私が手元で育てたりしては、いつか人の噂にのぼりかねない」

これまでの堂々とした喋りぶりから一転、中宮の物言いは苦し気だった。

実際、そうするしかないだろう。

いくら御所を下がったとはいえ、中宮の立場にあるかぎり官吏の誰かは出入りする。僕や商人の出入りもあるから、いずれ誰かの目には触れるだろう。女房か侍女の子供だと偽っても、通う男との兼ね合いからしてなんらかの疑念は持たれる。

しかし有任であれば、どこかでひっそりと産んでいた女から引き取りでもしたのかと人々は思うだろう。まして都での交友を知らぬ陸奥であれば、いくらでもごまかせる。

「──それは、お寂しいことですね」

抑揚なく苻子は言った。この状況ではいやみにしか聞こえないだろう。

中宮は唇をきゅっと嚙んだ。

「周りくどいことは好みません」

ああ、やはり如子と似ている。美貌も、聡明さも、そして肝の据わりっぷりも。

実の兄弟でも父親同士は色々とあったようだけれど、あんがい従姉妹同士では気があっていたのではないか。

「主上の本心を教えなさい。あの方が私の要求を呑んでくださるのであれば、后の位などこの場で返上しましょう」

ついに中宮が核心に切りこんできた。

だが、あいにくそれは言うわけにはいかない。そんなことをすれば、姫宮にかんする秘密も知られてしまう。

「主上の本心は、あなたさまとの離別でございます」

帝がなぜ廃后を望むのかという中宮の疑問から、微妙にそらした答えだった。

聡明な中宮はすぐにそのことに気がつき、柳眉を逆立てた。しかし荇子のほうも、高貴な美女の怒りは如子と皇太后でだいぶ慣れていたからひるみはしない。

「それでこちらに呑んで欲しいという、中宮さまの要求をお聞かせいただけますか？」

「――っ！」

怒りから中宮はなにかを口走りかけたが、すぐに冷静さを取り戻す。立てた右膝の上においた拳をゆっくりと緩(ゆる)める。

「私はただ、吾子(あこ)とあの御方を守りたい」

「あの御方というのは、新陸奥守でよろしゅうございますか？」

「他に誰がいる」

よしっ！　双六(すごろく)で狙い通りの目が出たときのような気持ちになる。

ここからが大切だ。

帝が中宮と有任を遠ざけたいと望むのは、あくまでも不貞に対する怒りからである。それで逃げ切らなければ――。

荇子は表情を取りつくろい、なんの隠し事もないというていを装って告げた。

「なればこそ、主上の御勧奨に従いなさいませ」

荇子の話を聞き終えたあと、中宮はしばし無言だった。

彼女がなにを迷っているのか、いくつか心当たりは浮かぶ。いま荇子が告げたことを鵜(う)呑(の)みにしてよいのか？　したとして果たして自分にそれが遂行(すいこう)できるのか？　諸々思うことはあるだろう。

ようやく中宮は重い口を開く。

「そのようなことが、まことに可能なのですか？」

「中宮様次第でございます」

荇子が答えたとき、簀子に侍女が姿を見せた。車寄せにいた僕以外は、乳姉妹の女房しかいないと思っていたが、さすがに下働きの者はいたようだ。小袖に腰布を巻いた年配の女人だった。

彼女は下長押前に膝をつき、有任の来訪を告げた。

「陸奥に発つ前に、ご挨拶をと――」

「お通ししなさい」

中宮の命令に、侍女が大丈夫かというように荇子を見る。この侍女も中宮と有任の関係は知っているだろうが、それを荇子が知っているとは考えてもいないようだ。見かねた乳姉妹が目配せで促す。

侍女が戻ってからほどなくして、有任が入ってきた。

狩衣は鳥の子色の縠紗。下につけた単は老緑。彼の狩衣姿ははじめて目にするが、なにを着ていても品位が備わっている。

だが荇子が目を吸いつけられたのは、彼の装いではなく腕に抱く乳幼児だった。

状況からして、有任が引き取ったという中宮との子供にまちがいない。

ひと目を惹く美しい顔立ちをしている。目刺し（子供の前髪が目にかかるさま）にはいま少しの黒髪。淡藍色の紐付き衣（着袴前の幼児の衣服）。その見た目の良さに苻子は、出生の深刻さも忘れて、さすがこの二人の子供だと感心した。

有任は苻子がいることに驚かなかった。到着したときに知らされていたのだろう。でなければ子供を連れて入ってくるはずがない。当時錯乱気味だった中宮とはちがい、有任は苻子が一部始終を目撃していたことを認識している。

「御所から遣いが来ていると聞いたから、君だと思っていたよ」

「御無沙汰いたしております」

苻子の挨拶に黙礼で返すと、有任は子供を床に下ろした。

「日羽。さあ、行きなさい」

有任が日羽と呼んだ男児は、ととっと足を踏み出した。苻子は乳幼児の成長には詳しくないが、逆算しておそらく一年と少しぐらいだろう。おぼつかない足取りで中宮がいる御座所に向かってゆく。

中宮は腰を浮かし、前のめりになる。自分から駆け寄りたいという欲求を懸命に抑えている様子が見て取れた。育ちや立場故か、あるいは子供の成長具合を確認したいという気持ちなのかは分からない。それでも待ちきれないというように両手を広げる。満面の笑顔で自分の腕に飛び込んできたわが子を、中宮はしっかりと抱きしめる。日羽は素直にはしゃぎ声をあげた。

人見知りをまったくしていないあたり、御所を下がってから何度か会わせているのだろう。日羽の年齢や事情を考えれば、母親だと知らせているのかどうかは分からないが。

「元気でしたか？」

かみしめるように中宮は言うが、それがあまりにもかすかな声だったので日羽には聞こえていないようだった。聞こえていたとしても一歳と少しの子供がどんなふうに答えるものなのか、子供と間近に接していない荇子には分からなかった。

「こうして日羽をお連れできるのも、これが最後になります」

有任が言った。

中宮はびくっと身体（からだ）を揺らし、顔をあげた。すがるような表情をしている。これまで荇子に見せてきた気高さはそこにない。

「明日、陸奥に旅立ちます」

「……」

だらりと手を下した中宮に、日羽が不思議そうな顔をする。有任は乳姉妹に命じて日羽を外に連れていかせた。本来ならば苻子もここを出るべきだが、このあとの経過を確認せねばならなかった。なによりまだ伝えきれていないことがある。退席を命じられたらどう抵抗しようかと考えていたが、中宮も有任もなにも言わなかった。たんに視界に入っていないだけかもしれないが。

有任はその場に膝をつき、床に額をこすりつけんばかりに平伏した。

「誰よりも栄光に満ちていたはずの中宮様の人生を、困難なものにしてしまいましたことを心よりお詫び申し上げます」

有任は顔をあげ、呆然と自分を見下ろす中宮を安心させるように微笑みかけた。

このような状況になってまで、彼が自身よりも中宮を気遣っていることが伝わった。

「配下の者に時折こちらのようすをうかがうように命じております。なにかご不自由がございましたら、その者にお申しつけ——」

「お連れください」

中宮は強い口調で、有任の言葉をさえぎった。

「私もお連れください、陸奥に」

思いがけない中宮の訴えに、有任は言葉を失っていた。

普通に考えてできるはずがない。いくら御所を下がったとはいえ、中宮ともあろう者が他の男と連れ添って都を離れるなど前代未聞の醜聞。それこそ遠流に処されても不思議ではない。

「なりません。中宮さまの名誉が損なわれます」

「中宮位は返上いたします」

力強く中宮は断言した。その瞳は力強い生気に満ちている。

まさしく狙い通りの発言に、荇子はあやうく快哉をあげそうになった。

しかし有任はちがっている。先ほどの発言からして、彼は自分とかかわったばかりに中宮が不幸になったと考えているようだった。傍から見るとどちらかというと逆だが、成人が自分の意志で選んだ道だからしかたがない。

「中宮様！」

「それが主上の御勧奨ということよ」

「甘受なさるおつもりですか？」

咎めるように有任は言った。自身の非はすべて認めていた有任だが、中宮に対する帝の態度には反発があるようだった。だからこそ〝名誉が損なわれる〟などと言ったのだろう。

「意地を張っても仕方がないでしょう。あなたと日羽を得られるのならば、私は他のものなどなにもいりません」

中宮の物言いは落ちついていたが、有任はまだ混乱しているようだった。信じられないのか、あるいはそれが中宮にとって幸福なことなのか迷いがあるのかもしれない。

現役の中宮に対する廃后(はいごう)処分は、これまで謀反人(むほんにん)にしか適用されなかった。しかも自ら返上という形を取るとはいえ、今後中宮がどのような立場になるのか想像もつかない。

「誰もあなたさまになど関心は持ちません」

苻子は言った。

「女御や更衣(こうい)への降格ではなく、主上は完全な離縁をお望みです。その方がどこに参られようと世間にはどうでもよいこと」

そこで苻子はいったん言葉を切り、中宮を見る。中宮は〝了解した〟というように目でうなずく。それを受けて苻子は、つい先ほど中宮にしたばかりの話を有任にも語りはじめた。

「いま御所にいる者も含め、世間のほとんどは中宮さまのお顔を存じませぬ。壺装束(つぼそうぞく)で歩くか、ないしは小八葉車(こはちようのくるま)（牛車(ぎっしゃ)の一種。地下(じげ)や女房などの身分の低い者も利用した）に乗っている女人(にょにん)を中宮様だと認識できる者はまずいないでしょう」

そもそもが容易に人前にでる身分ではないうえに、御所では一年以上公式の場に参加していなかった。香を変えてやつした衣装に身をつつめば、御所内を歩いていても気付くのは元女房の如子ぐらいなものではないか。まして遠く陸奥の地では、新任の国司が美しい妻を伴ってきたとしか思わぬだろう。

それに中宮位を降りた彼女の、そのあとを心配する身内もいない。なにしろ父・左大臣亡きあとは、中宮位にあるときでさえ顧みなかったのだ。皇太后などその典型的な人物である。だからこそ有任の献身が際立っていたのだ。

他のすべてを捨てる勇気があれば、有任とわが子を手に入れることはできる。

その帝の言葉を、荇子は中宮に伝えたところだった。

「主上は、陸奥守が羨ましくてならぬとおおせでございました」

荇子が伝えた言葉に、有任は怪訝な顔をする。普通に聞けば意味不明だろう。憎くてたまらぬならともかく、羨ましくてならぬというのだから。

けれどこの言葉の真意を聞いたとき、荇子は一度疑いかけていた帝の深淵にある心の存在を確信した。

「いかなる形であれ、そなたはわが子の父親でいられるからと」

有任が息を呑む気配が伝わった。

地位も栄誉もすべて失ったところで、有任は持っている。帝がどれほど切望しても二度と取り戻せない、わが子と心から愛する恋人を。

――人の身には、いつなにが起こるか分からぬぞ

先日の帝の言葉を思いだす。情熱のまま行動することは、ときには浅薄の誹りを免れぬやもしれぬ。されど失ってからあれこれ考えても、もう取り戻せないのだ。

苻子の心にある頑固で頑なものが、また少し崩れた。

有任は固く目をつむり、拳で胸を押さえた。その所作は苻子の目に、こみあげる奔流のような感情を抑えているように見えた。

やがて有任は瞼を開け、中宮に呼びかけた。

「笙子さま」

中宮の名が、そうであることを苻子ははじめて知った。

「どうぞ、私の妻となってください」

有任のその懇願に、中宮は瞳に涙をにじませてうなずいた。

里内裏に戻っていた中宮から后位返上の申し出があり、大床子と獅子形、そして挿鞋が返却された。これらの品々は、立后のさい后の象徴として賜ったものである。

前例なきことではあったが、かねてより根回しをしていたこともあり大きな混乱もなく対処された。当人である先の中宮は、それらの対応を御所に一任してさっさと須磨の別荘に移り住んでしまった。確かにこのまま都に住むことは居たたまれないであろうが、さように離れた場所では、もはや訪ねる者もないと人々は彼女の境遇を憐れんだ。

同じ頃、新しい陸奥守が都を旅立った。

良くない卦が出たということで、当初の予定より二日ほど遅れての出発となった。陸奥国が属する東山道をまっすぐ進むのではなく、近江から東海道に迂回して行くということだった。東山道・信濃国の神坂峠が非常な難所だから、それを避ける為だという。まだ若く壮健な有任はともかく、同行の者はそのほうがきっと助かるだろうと皆は語っていた。

怖ろしいほどのあわただしい状況が、ようやく一段落ついたのは七夕の前日だった。

「夜遅くにすまなかったな」

楽し気な顔の帝の前には、高坏に山盛りに積まれた干し棗と唐菓子がある。

内侍司での仕事を終えて、夕刻過ぎに局に戻って装束を解いたところで、また呼び出されたのだった。そんな理由で今回も軽装の単重ねである。終業後に呼び出したほうが悪いのだと、もはや恐縮すらしない。そのうち腕や胸が透けて見える単袴で御前に出ても平気になる気がしてきた。

昼の喧騒が嘘のように、清涼殿は静かだった。台盤所に控えている女房も一人で、しかもそれが如子だというから話が早い。なにしろ不貞腐れて清涼殿に来た荇子を、簀子で待ち構えていたほどだったのだから。にやにやと笑みを浮かべつつ「主上がお待ちよ」と言った。如子は荇子が帝の弱みを握っていることを知っているから、こんなからかうような顔をしているのだ。高雅な美貌を誇る南院家の姫君のくせに、驚くほど下世話な話題が好きなのだ。

けれど聡明な彼女は、好奇心を堪えて清涼殿との境をなす襖障子から離れた。荇子が握る帝の秘密を探るつもりなど元よりないのだ。自分に仕事が斡旋された経緯を知っているのだから、そんなことをするはずがない。だからこそ率先して人払いをするほどの気の利かせようだった。

高坏を挟んでむきあった荇子に、帝は言った。

「うまく中宮達を言い含めたようだな」

「はい。それが主上の真心だと言っても、もちろんお信じにはならなかったのですが」

皮肉っぽい荇子の言い方に、帝は微妙な顔をした。

「主上の本心をさぐるより、自分達の希望を追求したようです」

「……賢明だな」

帝は笑った。

どの家の誰が中宮であろうと、本来であれば帝はまったく関心がない。であれば先の中宮が言ったように、お飾りでも彼女を据えたままにしていたほうが面倒はなかった。

しかしわが娘を后にと望む左大臣は、どうにかして中宮の瑕疵を探そうとする。色々と詮索されたあげく有任との関係が世間の知る所となり、万が一にも日羽の存在が明るみにでれば、それに伴って姫宮の件の発覚にとつながりかねない。

ならばさっさと廃后処分にしたほうが、公卿達の今後の詮索は避けられる。加えて二人を都から追い払ってしまえば、もはや誰も関心は持たないだろう。

帝が廃后にやっきになっていた理由は、それだったのだ。

もちろん他にも、いろいろと人間らしい複雑な感情はあるとは思う。けれど最大の要因は保身のためだった。人間なのだから、それで当たり前だ。

「ご苦労だった」

満足げに言うと、帝は菓子を指し示した。

「そなたのために用意させた」

勧められるまま、荇子は唐菓子をひとつ手に取った。一口かじると、甘味と隠し味のようにほのかな塩味が口腔に広がった。

滅多に食べられない高級品を、苻子はしみじみと噛みしめた。労働の対価だからとうぜんの権利である。

「棗のほうも、遠慮せずに食せ」

「そんなに一度には食べられませぬ」

「さようなことだから痩せているのだ。そなたはもう少し太った方がよいぞ」

「──大きなお世話です」

むっとして思わず口をついてしまった非礼な言葉に、苻子はあわてて口を押さえる。天子に対してなんという暴言を。気が緩むにも程がある。

「し、失礼を──」

平伏したあと上目遣いに様子をうかがうと、高坏のむこうでは帝があっけに取られている。こんな表情もするのかと、物珍しさからつい顔をあげてしまう。

そのときだった。

咳でもするように、帝が身体を揺らした。何事かと思っていると、とうとつに声をあげて笑いだした。そのまま前かがみになり、文字通り腹を抱えて笑い転げる。

たてつづけに目にした初見の帝の姿に、苻子はただただ驚くしかない。

(というか、怒られないの?)

　それはそれで安心したが、帝の底の知れない人柄を思うとそこかしこに不安が残る。しかしこんな笑い声をあげていたら、隣室の如子はもちろん、どうかしたら滝口（たきぐち）や近衛舎人（このえとねり）達にも聞こえやしないだろうか。そうなれば日頃の帝のふるまいから、物の怪（もののけ）にとりつかれたのかと疑われても不思議ではない。

　あんのじょう、隣で物音がした。

「主上、いかがなさいましたか？」

　台盤所から聞こえた男性の声は、征礼だった。荇子はすぐに立ち上がった。襖障子を開いた先には、不審な顔をする征礼と蝙蝠（かわほり）をかざして目を輝かせる如子が並んでいた。

「ああ、征礼か。どうした？」

「いえ、何事か起きたのかと思っただけです」

　不審気な顔をする征礼に、帝は笑いの余韻（よいん）を残したまま言った。

「いらぬ心配をするな。私はそなたのことは裏切らぬ」

「さ、さようなことは疑っておりません！」

　顔を赤くして征礼は叫んだ。一瞬なんのことかと思ったが、すぐにそういうことかと理解する。もちろん帝はからかっただけだろうが、万が一にも征礼がそんなことを疑っていたのなら見当違いにも程がある。

帝の心に占めるのは、室町御息所ただ一人。ここひと月ほどの事例で、とことんまで痛感させられた。

「ところで、征礼はまだ帰っていなかったのか?」

「宿直の殿上と明日の乞巧奠について話していたら、遅くなってしまいました」

「そういえば、明日は七夕だったな――」

いまさら思いだしたように帝は言った。

七夕の夜には「乞巧奠」と呼ばれる儀式が行われる。神今食のような厳めしいものではなく、宴の要素が強いのでほとんどの者は気楽に構えている。しかし和歌や管弦を披露する予定の者は、体面があるので緊張しているだろう。

それは典侍としてはじめて差配をする如子も同じだった。

「江内侍、仕度になにか問題はなかった?」

「お道具の準備は女孺達がしますよ。明日の昼には揃いますから、典侍にはご確認をお願いします」

「分かったわ」

「内府典侍。乞巧奠は準備するものが多いですから、紙に記しておいて確認したほうがよいですよ」

征礼の提案に、如子はちょっと緊張した顔になる。内裏女房の荇子は例年行っていた準備も、中宮の女房だった如子には初めての経験ばかりだ。

三人のやりとりを機嫌よく聞いていた帝だが、おもむろに口を開く。

「乞巧奠には、前の陸奥守は参加をするのか？」

あまりにも唐突な問いに、荇子と如子は目を見合わせる。

征礼が首を横に振る。

「いえ。さすがに今回は面目が立たずに、参加はできないでしょう」

「それも哀れではあるな。あくまでも目代がやったことなのに」

随分と短絡的な帝の発言が、荇子には違和感しかなかった。

確かに陸奥守の言い分はそうではあるけれど、薺女が恋人にかんして語っていた言葉を思いだすとどうにも疑わしい。

――あの方はさように悪辣な方ではございません。真面目な方です。それゆえに使命を遂行しようとして……

恋人の欲目はあるだろうが、薺女の言い分が本当なら、目代が前の陸奥守の指示を受けて、あるいは忖度をして苛政を行ったということも考えられる。

そのいっぽうで、目代が独断で私腹を肥やしていた可能性ももちろんあるのだ。

朝廷にとって一番大切なことは、規定の官物がきちんと納められるか否かである。それさえ遂行されれば、目代や受領の行動にはほとんど干渉しない。現地赴任の者に一国の君主のような権限を与える。だからこそ受領という役職は実入りがよいのである。

今回の件は、詳細を聞きとる前に目代が亡くなった。

前の陸奥守は引責という形で罷免されたが、部下の失態を一身に負わされたという考え方もできる。そう受け止めたのだとしたら、帝の同情も分からぬではない。

「前の陸奥守が参加できぬというのなら、代わりになにか下賜してやりたいのだが」

「そうですね……」

征礼は顎に手をあてて、しばし思案する。まったく躊躇っていないあたり、前の陸奥守に対する帝の発言を受け入れているのだろうか？　それとも帝の言うことだから粛々と対応しているだけなのか？

「絁はいかがですか？　供物を下賜すれば、乞巧奠不参加への慰めにもなりましょう」

征礼が言う供物の絁とは、乞巧奠で祭壇に供えられる五色の絁のことだろう。

絁は禄や下賜品として良く用いられる。錦や絹程の値打ちものではないが、そのぶん資産としては汎用性が高い。

「なるほど、それであればすぐに下賜ができるな」

妙案だとばかりに帝は言うが、荇子にはとことん違和感しかない。あるいはひょっとして新陸奥守・有任に対する当てつけなのだろうか？

不信感を消せずにいる荇子をよそに、如子がかしこまる。

「なればそのつもりで品を準備するよう、女嬬達にも申しつけておきます」

「そうか。よきに取り計らえ」

機嫌よく帝は言った。

4章

乞巧奠（きこうてん）

翌日。七月七日は晴天だった。

まだまだ陽気は暑いが、空はまるで秋のように澄み切っており、これは催涙雨の心配はなさそうだと女房達は語りあっていた。

七月七日に降る雨は、催涙雨と呼ばれる。この日は牽牛、織女の二星が一年に一度だけの逢瀬を許される日なのだが、雨が降ると天の川の水が増して会いに行くことができなくなってしまう。それを悲しんで涙するというのが謂れだった。

さて、乞巧奠は清涼殿の東庭で行われる。

その日の昼前。荇子は卓子とともに、儀式のための祭壇の見学に訪れた。朝の仕事が一段落したところで、偶然やってきた卓子に一緒に行こうと乞われたのである。どうせ夜になれば見られるのにと思いはするが、宮仕えをはじめてまだ一年にもならぬ卓子にはなにもかも興味津々なのだろう。

「わあ、もうほとんど仕上がっていますね」

高欄の際で身を乗り出す卓子を、荇子は袖を引いていさめた。

「そんなに前に出たら、危ないわよ」

祭壇の作りは例年と変わらない。葉薦と長筵を敷いた上に朱塗りの高机を四脚並べ、海の幸、山の幸が供物として捧げられている。干鮑に干鯛。梨に桃、茄子に大豆等々がきちんと盛られている。

見た目にはだいぶ仕上がってはいるが、掃部寮(かもんりょう)の者と思(おぼ)しき官吏(かんり)が一人いるから、まだ終わってはいないのだろう。

供物は食べ物だけではない。初秋の花々に、撚(よ)りあわせた五色の糸を通した金の針、銀の針がそれぞれに七つ。こちらは織女が機織(はたお)りの名手であったことにちなみ、女人(にょにん)が裁縫(さいほう)や刺繍(ししゅう)等、手芸の上達を願っての供物である。

「あれ、なぜ琴(こと)が供えられているのですか？」

卓子が指さした先には、十三絃の琴があった。いくつか種類がある琴の中で、箏(そう)の琴と呼ばれるものである。

「二星にお貸しするのよ。一年に一度の逢瀬を楽しんでもらうためにね」

「そうなのですか。やはり御所の七夕(たなばた)は盛大ですね」

目を輝かせながら祭壇を眺めていた卓子が、ふたたび声をあげた。

「あれが前の陸奥守(むつのかみ)に下賜(かし)される予定の絁(あしぎぬ)ですね」

七夕の絁が前の陸奥守に下賜される件は、今朝のうちに御所中に伝わっていた。

任命責任は当然あるが、目代(もくだい)が亡くなったことで彼の不始末をすべて押し付けられ罷免となった前の陸奥守に、帝(みかど)が同情しているのだろうと人々は受け止めた。

荇子は卓子が指さした先を目で追いかけたが、すぐには見つけられなかった。少しの間視線を彷徨わせ、高机の手前に低い台が置いてあることに気付く。こちらももちろん祭壇である。台上には黒の漆塗りの平箱があり、五色の絁が収められていた。高欄の陰になっていたのでちょっと見えにくい。

「(金針、銀針に通した)糸と同じ配色ですよね。七夕となにか関係があるのですか?」

「あれは陰陽道の五行の色よ。青(緑)と赤。それから黄色に……」

言いかけて荇子は口をつぐむ。きっちりと納められた絁に違和感を覚えた。

なんだろう? なにかおかしい?

「あ、内府典侍さま」

隣で卓子が弾んだ声をあげた。

簀子の北側から如子が歩いてきていた。中身は分からぬが、平箱を手にしている。

「仕度の確認にいらしたのですか?」

思考を切りかえて明るく応じた荇子だったが、傍に来た如子が手にしていた箱の中身を見てはっとする。箱の中には五色の絁が入っていた。祭壇に置いてあるものと同じ青・赤・黄・白・黒の反物だったが——。

「あ!?」

荇子は短く声をあげた。

なんだ、そうだったのか。なにが不自然だったのか、やっと合点がいった。気がついてみればしごく単純なことすぎて、真剣に考えていた自分に苦笑してしまう。

「あの……」

「これを」

注意をしようとした荇子の前で、とつぜん如子が高欄の先に箱を突き出した。すると庭にいた官吏が、台上の絁を箱ごと抱えあげてこちらに近づいてきた。高欄を挟んで、二人は箱を交換しあった。

「ご苦労でした。もう下がりなさい。このことはしばし他言せぬよう」

「承知いたしております。私どもの不手際で、典侍にご迷惑をおかけしたことをお詫びいたします」

交換した箱を恭しく掲げたまま後退ると、官吏はそれを祭壇の上に置いて立ち去っていった。

「どうしたのですか？」

卓子の問いに、如子は即答しなかった。

荇子は祭壇上の箱と、如子が手にした箱を見比べる。

「……配色が間違っていただけですよね？」

その問いに如子は、大袈裟なほどに感心した顔をする。

それで荇子は、自分の疑問が正しかったことを確信した。

五色絁の配色は、五行説に基づき青・赤・黄・白・黒とする。しかし先ほど祭壇に置かれていた絁は、赤と黄の順番が入れ替わっていたのだ。

卓子がそうであったように、誰も彼もが五行の配色を知っているわけではない。おそらく単純なまちがいであろう。置き換えればそれで済む話なのに、なぜ如子はわざわざ交換をしたのだろう。しかも他言をせぬようにとか、不手際だとか穏やかではない。

不審な顔をする荇子に、如子は声をひそめた。

「相談があるの」

承香殿にある如子の局は、荇子達中臈の者とは比較にならないほどに広かった。しかも他の局がないから、殿舎そのものを如子が賜っているようなものだった。密事を語るには都合がよい。

「絁が絹に入れ替わっていた？」

荇子は声をあげた。そうよ、と如子はうなずき、荇子と卓子の前に反物が入った平箱を置いた。先ほどまで祭壇に置いてあったものだ。

確かに少し注意して見ればすぐに分かる。白と赤の反物だけが、絁よりずっと上等な平絹になっていた。

「え、なぜこんなことに？」

「それが分からないから、とりあえず証拠品として押さえたのよ」

「なるほど。それで箱ごと取り換えたのですね」

荇子の問いに如子は首肯した。問題が白と赤の反物だけなら、それらのみを取り換えればよい。しかし如子は箱ごと回収をした。証拠品という表現からして、手違いではなく何者かの故意の仕業を疑っているのだ。

そのあとの如子の説明によると、彼女は祭壇の確認をしていたさいに、すり替えを見つけたのだという。

「よくお気づきになりましたね」

「配色が間違っていたから、おかしいと思ってそれでよく見たらね」

次第が分からなかったので、まずは騒ぎを起こさないことを優先に考えて、ひそかに事を運んだのだそうだ。

いるわ」

「先ほどの官吏は、掃部寮の責任者よ。彼が確認したときは、全部が絁だったと証言して

「その証言は確かなのですか？」

「信じていいと思うわ。絁を絹に変えたところで、彼にはなんの利もないでしょう」

如子が気付いたすり替えは、いまのところ掃部寮の官吏にしか伝えていないという。確かに陸奥守に下賜する絁を絹にすり替えたところで、彼には何の得もない。絹が絁に代わっていたのなら、絹をせしめたということもありうるだろうが。

「だったら疑わしきは、前の陸奥守じゃないですか」

卓子が言った。的を射てはいるが不用心な発言に、荇子は軽くにらみつける。きょとんとしているところから、自分の発言の危うさに自覚がないようだ。しかも如子が「その通りなのよね」などと相槌を打つから、卓子は手柄でもたてたような顔になった。

五色絁が前の陸奥守に下賜されることは、皆が知っていた。とうぜん当人にも伝わっているだろう。その絁が絹に代わっていたのなら、得をする者は確かに彼だけである。

「でも大国の元国守とあろう者が、たかが絹二反のためにそんな真似をするかしら」

「え、絹二反ですよ!?」

如子の疑問に卓子が素早く反論する。内大臣の娘と、地方出身の娘では物に対する価値

観が根本的にちがう。荇子は環境としてはぜんぜん卓子寄りだが、宮仕え歴が長いので富貴の者の感覚はなんとなく知っている。

その経験から断言できるのは、大国の国守ともあろう者は、たかが絹二反のためにこんな面倒くさい真似はしないということだった。

「典侍の仰せの通りです。絹五反でも、やらないですよ」

「話が早くて助かるわ」

荇子の同意に、如子は機嫌よく応じた。卓子は釈然としていないようだが、声をあげて反論するようなことはしなかった。

「じゃあ、誰がこんなことをしたのですか？」

卓子の問いに、荇子と如子は沈思する。

この件があきらかになれば、疑われるのは前の陸奥守だ。しかしそんなことをする理由がないのなら、彼を貶めるために何者かが仕組んだと考えられる。

だが五色絁が下賜されると公表されたのは、今朝のことだ。それから今日の昼前の間に犯行に及んだのだとしたら、あまりにも衝動的かつ短絡的過ぎる。

すり替わっていたのが白と赤だけというのも不可思議だ。

動機が前の陸奥守を嵌めることであれば、すり替えは発覚しなければ意味がない。どうせならすべての絁をすり替えたほうが、発覚したときの悪質さが際立つだろう。先ほど話したように、絹二反では割に合わないという疑いも生じる。どうせ手を染めるのなら、なぜ五色すべてをすり替えなかったのか。

「あ⁉」

ひとつの考えが思い浮かび、荇子は声をもらす。

耳聡く聞きつけた如子と卓子が、期待するようなまなざしをむけてくる。そんなに急かされても困る。考えを整理しなければ、こんなことで迂闊なことは言えない。

「ちょっと待ってください」

二人を落ちつかせたあと、少ししてから荇子は自分の思いつきを語った。

話を聞き終えた如子は「なるほどね」と納得顔でうなずいた。卓子は珍しく複雑な面持ちを浮かべている。

そんな卓子を一瞥し、如子は「まだ決定じゃないわ」と言った。

「乞巧奠の間は、この件は黙っておきましょう。何事もなかったふりをして絁を供えておくのよ。自分が仕掛けた罠がいつのまにか取り払われたことが分かったのなら、犯人はそうとうに怖い思いをするでしょうし、そこから尻尾がつかめるかもしれないわ」

乞巧奠がはじまったのは、まだ辛うじて光が残る逢魔が時だった。

薄紫を残す濃紺の空には、静かながら強い輝きを放つ恒星と文字通りの七日月が浮かんでいる。高机を囲むように設置された大殿油、篝火にも明かりが灯されて、祭壇の供物を幽玄に照らしだした。

燻る香の薫りに酒の匂いが交じると、参加者達はすっかり気持ちもほぐれてほろ酔い調子になっていった。もともと宴の要素が強い儀式である。貴族の私邸でも似たような宴を催している頃だ。

人々の笑い声に交じり、管弦の音が響いてくる。

公卿や殿上人は簀子や孫廂で、もしくは庭に敷いた筵の上で。女房達は東廂の御簾内で管弦、朗詠に耳を傾ける。

平敷御座の帝の両脇には、二人の女御達。帝から見て左手が弘徽殿女御。右手には麗景殿女御。それぞれに自分付きの女房達を数名連れている。そこに荇子達内裏女房までもがいるのだから、いかに広い清涼殿とはいえなかなかの密度となっている。

中に入りきれなかった者、あるいはそこに上がることを許されていない者などは、南廊や長橋に席を得ている。女房達の中にも、そこで鑑賞をしている者達は多い。むこうがどしい。

う感じているのかはともかく、苻子からすると彼女達のほうが気楽にすごせるようで羨ましい。

（だって、ここはけっこうな地獄……）

苻子は如子と並んで、帝の斜め後ろに控えていた。そこからは帝の両脇で花を添える二人の女御。その彼女達に付き添う女房達の剣呑な空気がひしひしと伝わってくる。

二十歳の弘徽殿女御がまとう小袿は、菊唐草紋の山吹色の二陪織物。単は緋。うららかな春の日差しのように、朗らかで明るい気性の彼女によく似合う装いだった。先の中宮のような威厳と貫禄はないが、ひと目を惹く華やかな容貌という点で遜色はない。

対して二十二歳の麗景殿女御が見劣りする感は否めなかった。

小袿は曼殊沙華のように艶やかな赤。身分の高い女人にしか許されない禁色だ。右大臣の孫娘で一の大納言の姫という身分にはふさわしい。

けれどそれを着こなせる女人かと言われれば、けしてそうではなかった。

美醜の問題ではなく、どうにも辛気臭いのだ。この容貌で華やかな赤の小袿をまとうことは、彼女の欠点を悪目立ちさせている。顔立ちそのものは別に悪くないのだから、もっと自分を引き立たせる色、たとえば縹色や藍色などの涼しい色の衣を選べば、細面の思慮深そうな面差しが際立つだろうに。

まったく麗景殿の女房達は、自分達の主人になぜあんな似合わぬ衣を着せるのか。確かに身分にはふさわしい装いだが、あれでは欠点を際立たせるだけではないか。

（ま、大きなお世話だけど……）

あの御簾が上がっていたら、公卿達の目に二人の女御の優劣が残酷なほどにはっきりと映っていたことだろう。もっとも二人に挟まれた帝は、どちらの妻にもいっさい関心がないのだけれど。

「主上、朗詠がはじまりましたよ」

無邪気に弘徽殿女御が話しかける。庭から聞こえてくる素晴らしく美声な、若々しい朗詠に帝は関心を示したようだった。

「達者だな、誰が誦している？」

「若輩者が僭越なふるまいをいたしてかたじけない。わが息子でございます」

孫廂から述べたのは左大臣だった。つまり詠者は直嗣というわけだ。

帝はさして驚いたふうもなく、彼らしい平坦な口調で言った。

「なるほど。さすが当代一の貴公子と言われるだけはあるな」

「おそれいります」

「主上、弟は子供の時分から朗詠が得意でしたのよ」

屈託ない弘徽殿女御の語りかけに、帝はうっすらと笑みを浮かべて返す。

「さようか。あなたも春の鶯(うぐいす)のように美しい声をしているから、まことに血というものは争えぬものだな」

「……そのようなお戯(たわむ)れを。恥ずかしゅうございます」

弘徽殿女御は袖口(そでぐち)で顔をおおう。大殿油に照らされた頬(ほお)は、おそらくほんのりと染まっているのだろう。彼女の周りの女房達が得意げな顔をし、対照的に麗景殿側の女房達はつまらなそうである。

御簾のむこうでは、公卿達が似たような反応をしているのだろう。左大臣はこれ見よがしに喜び、大納言と内大臣は苦虫(にがむし)を嚙(か)みつぶしたような顔をしているにちがいない。

あんのじょう上機嫌に、左大臣が話しかけてきた

「主上。今宵(こよい)は二星が美しく輝いております」

御簾を隔(へだ)てていては、とうぜん星は見えにくい。ゆえに庭には帝が星を見るための倚子(いす)が置いてあるのだった。

「さように見事であるか。二星も一年に一度の逢瀬(おうせ)を楽しんでいるのだな」

「しかし一度の逢瀬とはなんとも寂しいことです。夫婦とはやはり共にあらねばなりませぬな」

左大臣の意味深な発言に、その場の空気がぴりついた。

通い婚が世の主流ではあるが、正妻ともなればいずれは夫と居住を共にするのが一般的だ。そこまで直接的ではないが、帝にとっての正妻、すなわち皇后を立てるよう促した言葉とも受け取れる。

麗景殿の女房達が、ものすごい目で御簾向こうの左大臣をにらみつける。一部の者達などは弘徽殿側をにらんでいる。

対して弘徽殿の女房達は鼻高々で、私達の女御さまこそ次期中宮と言わんばかりの顔をしている。藤壺(ふじつぼ)に中宮がいたときからそんな調子だったのだから、麗景殿に対して遠慮などするはずがない。

ばちばちとにらみあう妃の女房達の剣幕に、荇子は震えあがった。

（ああ、空気が悪い）

二星会合など、どうでもいいから局(つぼね)に帰りたい。なんだったら内侍所での残業でもかまわない。この場にいるより、黙々と筆を走らせていたほうがずっとましだ。

そのとき奥のほうから、一人の命婦(みょうぶ)がやってきた。

「典侍(ないしのすけ)」

彼女は如子の傍に膝をつき、なにかささやいた。

分かったのか⁉　とひそかに興奮する荇子の前で、如子は腰を浮かした。そのまま荇子に「あとはお願いね」と言った。

「え、典侍が行かれるのですか?」

「そうよ。だってあっちのほうが話が複雑そうだから、この場はあなたに任せるわ」

あたり前のように言われるが、それはちがうだろうと荇子は思う。なにより唯一の上臈として、あなた様には主上に近侍していて欲しい……。

「それに私よりあなたが残っていたほうが、主上もお喜びになるわよ」

なんだ、それはいったい?

荇子の反論を挫く如子の発言に、どういうわけか報告に来た命婦も納得顔をしている。五色の飾り糸を通した引き腰を揺らして立ち去る如子の後ろ姿を、荇子は呆然として見送っていた。

「主上、よろしければお庭にお降りになられては」

弘徽殿女御の声に、われに返る。

朗らかな声音から悪意は一切感じない。童女のように無邪気で素直で、麗景殿側の鬱屈や公卿達の思惑など考えてもいないのだろう。他人の負の感情にとことんまで無神経なのは弟・直嗣と同じである。

星を観るために庭に準備した倚子に、ここまで帝は行く気配を見せなかった。一年に一度しか許されぬ恋人達の逢瀬を、帝がどう感じているものか想像ができない。唯一無二の恋人と、現世では永遠に引き離されてしまっているのだから。

　しかし弘徽殿女御の勧めに、帝は同意した。

「では、下りてみるか」

　荇子はあわてて立ち上がった。如子がいないのだから、自分が率先するしかない。

　帝の席を迂回して、御簾に手をかける。御引直衣の裾を引きずり、帝がこちらにやってくる。荇子の顔を一瞥し、なぜか楽しそうな顔をしていた。荇子はあからさまにむっとなり、御簾を除ける前につい言ってしまった。

「なんぞ、企んでおられませぬか？」

　管弦の音や人々のざわめきの中、周りには聞こえなかった。もちろん、そのつもりで荇子も声をひそめた。けれどまさに最大に距離を詰めたせつなだったから、とうぜん帝には聞こえていた。

「人聞きの悪い」

　同じくらい小声で帝は返した。気分を害したふうもない。

　対して荇子は頬を膨らませた。

「ならば、なにゆえ前の陸奥守に恩情を――」

「気の毒ではないか」

詭弁だろうと思ったが、この場でとやかく訊けるわけもない。帝にあたかも悪巧みを疑うような問いをしておきながら、いまさらという気もするが。

苻子が除けた御簾の横を抜けて、帝は孫廂から簀子に出る。苻子もあとにつづいた。

やはりちがうのだろうか？

絁のすり替えを聞かされたとき、すぐに彼女の関与を思いついた。動機面を考えても間違いないと思っている。その彼女を、いま頃は如子や卓子が問い詰めているだろう。

目代の苛政は陸奥守の与り知らぬことだったが、任命責任により罷免された。乞巧奠にも参加を見合わせた。それに同情した帝が、絁の下賜を思いついた。

けれど目代の恋人――薺女はそれを信じていない。

絁を取り換えたのは彼女だ。

動機はおそらく、陸奥守になんらかの疑念をかけるためであろう。

しかし確信を持ついっぽうで、帝がかかわっている可能性も苻子は拭えないでいた。

先の陸奥守を気の毒に思ったというのも、分からぬではないが釈然としない。なにかもうひとつ大きな事態が隠れているのではないか？

荇子は二藍の衣に包まれた帝の背を目で追いかけた。

階を降りて、筵道の先に置いた倚子に腰を下ろす。すると祭壇のほうから、征礼が歩み寄ってきた。水を張った角盥を抱えている。水鏡として使用するためのものだ。天上に輝く月や星を観賞するにはこの方法を使う。

征礼は角盥を台上に置いた。倚子にあわせて置いたもので、ちょうど帝がのぞきこめる位置になっている。その台を挟んで、帝の左右に荇子と征礼がむきあって立つ。帝の観賞の邪魔になってはならぬと、一歩退こうとしたそのときだった。

「そなた達も、ともに眺めてゆけ」

思いがけぬ帝の誘いに荇子は足を止める。征礼はすでに後退しかけていた。

周囲がざわつく。同じ角盥で星を観ようなどと、荇子と征礼の身分を考えれば過分というものである。もとより征礼が帝の寵臣であることは皆が知ることだが、公卿達が見守る中でこれはない。かねてより征礼に妬心を抱く直嗣が見たら、どう思うことか。

（そういえば、いたんだっけ……）

荇子は先程聞いたばかりの美しい朗詠を思いだした。直嗣はこの席に参列しているのだった。どこにいるのかも分からぬ相手なのに、視線が痛い。

「主上、どうぞご容赦ください」

征礼が声を低くした。

帝はふんっと鼻を鳴らし、背もたれに深くもたれた。

「ならば私はともにはせぬ。そなた達二人で眺めるがよい」

さすがにこうまで言われては断り切れない。苻子と征礼はたがいに目配せしあい、二人で同時に角盥をのぞきこんだ。

漆黒の水面には玻璃を砕いたような、晩夏の星々が映りこんでいる。

夜空を南北に横切る、光の靄のような天の川。牽牛星と織女星がひと際輝くさまを見ると、本当に一年に一度の逢瀬に歓喜しているように感じてしまう。

「きれいね」

しんみりと苻子は言った。

「無事に邂逅できてよかったよ」

「でも一年に一度きりじゃ寂しいわね」

「会えないよりは、いい」

苻子は思わず彼に目をむける。征礼はまだ水鏡を見下ろしていたが、苻子より少し遅れて顔を上げる。

意図せずに視線が重なる。

それぞれの眼差しが、相手になにかを求めている。

いつでも会える。だからこその甘えがある。

けれど帝は言った。人の身にはなにが起こるか分からぬと――。

胸が締めつけられる。

太守の姫宮。前の中宮――彼女達の勇気が羨ましい。

「そろそろ交代せよ」

帝の一言で物思いから立ち返る。荇子と征礼は、ほぼ同時に後退った。

帝は肘掛を押すようにして身を乗り出し、角盥を覗きこんだ。帝の目には、荇子が先ほど見たものと同じ光景が映っているはずだ。

一年に一度しか会えぬ二星に、寂しいだろうと荇子は言った。

けれど帝は、そんなことは考えてもいないのかもしれない。それどころか一年に一度でも会えるのなら、それだけで羨ましいと思っているのではないか。

帝の恋人は、けして天の川を渡ってこない。

荇子は帝の横顔から目をそらし、正面に立つ征礼を見た。こうやって好きな人の姿を目にすることができる。そして言葉をかわし、息遣いを感じることができる。そのことがなによりも幸運なのだと感じた。

交代の弁内侍が来たので、荇子は清涼殿をあとにした。

乞巧奠は夜通しで行われることもままあるので、最後までは付きあっていられない。なにより早急に確認せねばならぬことがある。

承香殿の東面に入ると、四尺几帳の先に如子の姿が見えた。夏の帳は生絹。大殿油の光を受けて、縠紗のようにむこうの光景を浮かび上がらせている。

奥に回ると、薺女が身を縮こまらせていた。その横で卓子が、慰めるとも困惑ともつかぬ表情で寄り添っている。そして向かい側に座った如子は、気難しい面持ちで薺女を睥睨していた。南院家の姫君ここにあり、と言わんばかりの迫力である。

「ああ、やっと来たわね」

荇子の姿を見るなり、如子はどこか安堵したように言った。

「あなたの推察通り。絁を取り換えたのは、この娘だったわ」

そうだろうと思っていたから、驚きはしなかった。しかしこうして真相が明らかになると、帝には非常に失礼なことを言ったと思う。

（でも、あの主上が純粋に前の陸奥守に同情していたなんて、誰が信じるのよ）

自らの失言に内心で言い訳をしながら、荇子は如子の斜め前に、卓子達と対面するように座った。薺女は唇をかみしめて、ひたすら身を固くしている。これから自分にどんな罰が下されるのかを考えたのなら、それは怖いだろう。

「でも、詳細は聞けていないのよ。あなたが来てからと思ったから」

「遅くなってすみません。藤侍従（とうのじじゅう）と少し話していたもので……」

征礼の名前に如子と卓子は笑ったが、今回にかぎってはそんなからかわれるようなことではない。

あらためて如子は薺女に語り掛けた。

「あなたが犯人だと知っているのは、ここにいる三人だけよ。あなたが粗相をして絁の箱をひっくり返した現場を見たという女孺（にょうじゅ）は、すり替え自体に気づいていないから大丈夫でしょう」

その女孺が、すり替えそのものを知っている掃部寮（かもんりょう）の官吏（かんり）と情報を交換することなどあれば露見しかねないが、そのときはしかたがない。

絁を落としたふりをして、それを直すときに絹とすり替えた。けれど並びを間違えていたことで、気づかれてしまった。

「なぜ……」

薺女は声を震わせた。こっちの台詞だと思った。

「なぜお気づきになられたのです？　五色の並びは間違っていなかったはず」

とうぜんながら、問題はそこではない。なにか言い訳をしなければと焦っているだけだろう。

「あの配色を見慣れているから、他の女嬬達も気づかなかったのでしょうけど。だけど残念ながら、御所の乞巧奠での五色はあの並びではないのよ」

思ったよりも穏やかに如子は言った。藤壺では同僚の誰に対しても冷ややかで、時には攻撃的にふるまっていた彼女だが、やはりそれは相手次第で、あたり前だが普通の話し方もできるのだ。

「あなたがした配色は、五正色。美麗荘厳を表す、仏教の経典の色よ。仏事ではよく見かけるから刷り込まれてしまって勘違いしている人が多いのよね。でも陰陽道の五行色とはちがうし、まして毎年準備をしている掃部寮の官吏が間違えるはずがない」

如子の説明に薺女は愕然となった。上の者の下知を受けて動く女嬬という立場では、そんな思い違いがあっても不思議ではない。逆に昨年まで后の女房で、宮中儀式は見学する側だった如子がよくそんなことを知っていたものだと感心する。さすが内大臣の娘。神今食では不慣れから戸惑っていたが、こういうときはその教養が物を言った。

黙り込む薺女に如子は言った。

「こうなったら観念して、すべてを話しておしまいなさい。事情によっては酌量の余地はあるわ」

「そうよ、薺女」

卓子が励ますように呼び掛けた。しかし薺女はまだ納得できないとみえ、唇をかみしめたままだ。反省しているようには見えない。如子が柳眉をぴくりと逆立てたので、荇子は彼女の逆鱗に触れる前に核心をついた。

「前の陸奥守を嵌めようとしたのは、恋人の目代の為なの？」

薺女は膝の上でぐっと指を握りしめ、やがてその身をがたがたと震わせはじめた。

「……あの方は、罪を着せられたのです」

やはり、それか。荇子はゆっくりと首を横に振った。

「陸奥国の目代は、既定の三倍もの税を徴収していたと聞いているわ。他にも私物を都に運ばせるのに、公領の百姓を人夫として動員したりと、いくら裁量が任されているからといって、さすがにそれはやりすぎよ。百姓達の負担は計り知れない。恨みを買ったとしてもとうぜんでしょう」

「ですが、それは前の陸奥守の指示を受けてのこと。あの方が一人の判断で、さような横暴を働くなど考えられません。しかもそのときならともかく、罷免されて帰還を命じられたあとに殺害されるなんておかしいです」

ほとばしるような勢いで、薺女は反論した。確かに殺害された時期にかんしては、彼女の言うとおりだ。陸奥の百姓が帰京を命ぜられた目代を害する理由が理論的には成り立たない。

如子は眉間のしわを深く刻んだ。

「ひょっとしてあなたは、前の陸奥守が口封じに目代を殺めたと疑っているの？」

「それしか考えられぬではありませんか」

絁を賜るという帝の恩情が評判となり、薺女の疑念をさらにあおった。

このままでは目代一人に苛政の責任が押しつけられ、前の陸奥守は部下の不始末の責任を負わされた気の毒な人になってしまう。それだけならまだ目を瞑れても、薺女が目代の殺害に前の陸奥守がかかわっていると考えているのなら、とうてい見過ごせることではない。

絁を絹にすりかえ、そのことが露見すればなんらかの疑念の目が前の陸奥守にむく。薺女にとって、ひとまずはそれで充分だった。

けれど絹二反だけという中途半端なすり替えによって、かえって陸奥守が嵌められた可能性のほうに疑念をむけてしまった。女嬬という身分の金銭感覚に加え、彼女の身分では他の三色の絹を準備できなかったゆえの結果だ。

昼間のうちに卓子に御匣殿に保管してある反物を調べてもらうと、あんのじょう白と紅の絹が絁とすり替わっていた。

御匣殿は帝の装束を奉る場所。帝の装束は基本として五種類。

白の御引直衣。麹塵御袍をまとう青色束帯。榛と蘇芳で染めた黄櫨染御袍を召した御束帯。神事に用いる御帛衣と御斎服である。他に赤色御袍と呼ばれるものがあるらしいが、荇子は見たことがない。

よって御匣殿に黒、黄、青の反物は置いていないのだ。白とて表地に使うものは小葵の地紋が織りこまれた固地綾だが、小袖や新嘗祭等に使う冬の御帛衣は白の平絹である。そして御引直衣の袴には紅の平絹が使われる。

紅と赤に多少の色味のちがいはあるが、つまりその二色の平絹だけが御匣殿にあった。

そして女嬬が御匣殿に出入りしても、誰も疑わない。内蔵寮や織部司に入りこむのとはわけがちがう。

「あの人を害しておきながら、帝から賜り物など――」

「残念ながら、それはちがう」

几帳のむこうに現れたのは、征礼だった。荇子が呼んでいた。もちろん如子にはあらかじめ入室の許可を取っている。薺女の思い込みを正すには、実際に調査に動いた征礼に説得してもらったほうが効果的であろう。

優しかった恋人が、異国で不慮の死を遂げたことは確かに哀れである。しかしこれ以上疑いをかけられたままでは、いくらなんでも前の陸奥守が気の毒だ。

如子に気を遣ったらしく、征礼はこちらに回ってこなかった。けれど一般的な成人男性であれば、四尺几帳のむこうからでも顔は十分見える。

思いもよらぬ人物の登場に、薺女はぽかんとして征礼の顔を仰ぎ見る。

「まだ公にはされていないが、先日の苛政の訴えを受けて、民部少輔が陸奥まで足を運んで状況を調べてきた」

それ自体は荇子も、神今食の騒動が起こる前に聞いていた。

けれどその詳しい目的は、つい先ほど征礼から聞いてきたばかりだった。

「目代が過剰に徴収した税は、官物（租税、貢納物の総称）とは別の経路で都に不正に流れていた。しかしその受取人は陸奥守ではなかった」

「そんなっ！　あの人は前の陸奥守に雇われていたのですよ。だったら誰が受け取っていたというのですか？」

「目代に決まっているだろう」

きっぱりと征礼は告げた。

過分に徴収した税から規定の分だけを朝廷に収め、利ざやは自身が懐に収める。現地赴任をする役人がよくやる手口である。今回の目代は前の陸奥守が私的に雇った者だから、とうぜんそれは主の意図を反映していると薺女は思ったのだろう。

だが、そうではなかった。

悪徳な手腕で目代が稼いだ利ざやは、前の陸奥守にはほとんど渡っていなかった。多少の袖の下はあったかもしれないが、ともかく規定の三倍もの徴税は前の陸奥守の指示ではなかった。

「これで分かったでしょう」

荇子は言った。

「陸奥守は不正などしていない。だから隠すこともない。よって彼にはあなたの恋人を害する理由がないのよ」

荇子の指摘に、薺女は呆然としていた。結婚の約束までした、彼女には誠実であった恋人の姿と荇子の証言が一致せずに混乱しているのだろう。

「……じゃあ、誰があの人を」

「あいつは現地の者達から、相当に恨みを買っていたらしい」

蕣女は反抗するように征礼をにらんだ。

酷(こく)だとは思った。事実を告げただけなのに、非難の目をむけられる征礼にも、そして蕣女にも。この段階で蕣女は十分に打ちのめされている。けれどそれでも納得しないというのなら真実を教えるしかなかった。

征礼も理解しているのだろう。これから自分が告げる真実が、どれほど蕣女に衝撃を与えるかを。彼はひとつ息を吐き、つとめて感情を殺して言った。

「目代は出国のさい、国境付近で陸奥の百姓(ひゃくせい)達につかまり、生きたまま火をつけられて焼き殺された」

罷免(ひめん)されて国を出るのなら、これで解決——と割り切れないほど、遺恨は深かった。

都に逃げられる前になんとしても意趣返(いしゅがえ)しをせねばと、そんな意図で民達が襲い掛かったというのだからかなりの怨恨(えんこん)だ。

誠実で優しい人間の最後としては、あまりにも残酷だった。

けれど陸奥の百姓達にはそうではなかったから、こんな結果になってしまったのだ。

薺女はしばし呆けたようになった。だが微塵の揺るぎもない征礼の表情に、偽りはないと悟ったようだった。

しかしそれを自分の中にある思いとともに咀嚼できるかといえば、話は別だ。

薺女はまるで身を保つことができなくなったかのように、両手を床についてがっくりと項垂れた。

絁のすり替えの件はそのまま公にはされず、薺女は如子の判断で御所を出された。

哀れではあるが、思いこみで嵌められかけた前の陸奥守のことを考えれば同情もしにくい。

それから数日過ぎたある夜、娘の殿舎に寄っていた左大臣が朝餉間を訪れた。

公卿達と一定の距離を置く今上は、夜はあまり彼らとは会わない。若年だった先帝は別として、先々帝などは政務が終わればお気に入りの公卿を呼んで、管弦や碁の相手をさせたりしていたものだったが。

それを帝側から呼び出したというのだから、驚きである。

左大臣は弘徽殿で過ごしており、珍しく遅い時間まで御所にいた。それを聞いた帝がこちらに寄るようにと伝言させたものだから、これはいよいよ弘徽殿女御の立后の話となるのではと女房達は噂した。内大臣や大納言が在所している昼に話を進めては面倒なことになる。これは彼らの不在を狙って、不意打ちのように事を進めようという算段なのではないか。

本人もすっかりその気なのだろう。足取り軽く左大臣が簀子に来たとき、荇子は台盤所で控えていた。偶然であるはずがない。当番でもないのに名指しされたのである。しかも如子がうきうきして「主上の御指名よ」などと囁いてきたから腹が立つ。

「こちらへ」

荇子は簀子に出て、左大臣を朝餉間に案内した。

大殿油を灯した室内には、帝の平敷御座にむきあうように、大紋の高麗縁の畳が敷いてある。親王や大臣のための柄である。

左大臣が腰を下ろしたのを見て、荇子は簀子に控えた。朝晩はずいぶんと肌寒さを感じるようになってきており、表着も袷を着てくればよかったと後悔した。

人が来ないように見張っておけと命令されていた。つまり、いまからろくでもない話をするということである。うんざりした。現状でも持て余しているというのに、これ以上また秘密を共有させようというのか。確かに三つの秘密を守るためにひとつずつ三人に協力させるより、一人に任せるほうが監視は簡単だけれど。

（いざとなったときの、口封じもね）

物騒なことを、他人事のように荇子は考えた。

格子はまだ下ろしていない。御簾のむこうで二人は世間話などをはじめている。大殿油の光で、手前に座る左大臣のようすは思った以上にはっきりと見えた。

「尾張国から、新陸奥守が無事に入国したと報告があった」

「さようでございますか。しかしまだまだ先は長くございますからな。道中難儀することもございましょう。無事に陸奥に到着してくれるとよいのですが」

「件の目代がきっちりと報復を受けたのなら、それ以上は心配することもなかろう」

凄惨な現実がよみがえり、荇子は身震いした。

さすがに左大臣も言葉を詰まらせかけたが、気を取り直しつつ返した。

「なんとも惨い話ではありますが、そこまでしたのなら百姓達も溜飲が下がったことでしょう」

「そうだな。新陸奥守も安心して国入りができるだろう」

そんなものか？　と荇子は違和感を覚えた。むしろ暴力に慣れて歯止めが利かなくなった者達が、後任の有任に危害を加えやしないかという懸念のほうが強い気がする。もちろん目代殺害に関与した者達はすでに捕らえられてはいるから、その面で過剰に心配することはないが。

「新陸奥守は能力も心映えも優れた人物。きっと良吏となり百姓達にも慕われましょう」

「そうだな。あれ以上に優れた中宮大夫はもう出てこないだろう」

これは左大臣にとって、なかなかの痛烈な発言だった。お前の娘が中宮となっても、先の中宮大夫のような優れた人物は得られないと言っているのだから。

しかしこの程度の発言にいちいち反応しては、左大臣は務まらない。

「ご心配召されますな。主上が御所に広く目をむけてくだされば、優れた人材はまだまだございますよ」

穏やかな口調ではあるが、帝に負けず劣らずの猛烈な皮肉を含んでいる。帝が直嗣をはじめとした名家の公達達と距離を取り、征礼のような中級貴族を重用することを当てこすっているのだ。

「かもしれぬな」

あっさりと帝は言った。

「まあ、じっくりと見極めよう。急を要することでもないのだから」

譲歩したかと思わせながら、立后を遠ざけるようなことを言う。対して左大臣はひとつ間を置いてから、やんわりと反論する。

「――されど、あまりのんびりとなされては困ります。なにしろ秋の春日祭まで、もう四か月を切っております」

「春日祭は藤家の祭だ。私には関係がない」

これまでとは毛色のちがう冷ややかな声に、左大臣は身を固くした。

春日祭は、勅命によって行われる国家の祭祀である。ゆえに帝の正妻として中宮にも役割がある。后が不在の状況では、祭りの遂行に憚りが生じると左大臣は釘を刺した。

対しての帝の答えが、自分には関係がないというものだった。

しかし今上の母親は親王の娘・女王で、藤家の娘ではない。その生まれゆえに、これまでさんざん蔑ろにされてきたのだ。その背景を考えれば、左大臣も即座には反論できないだろう。

春日祭が催される春日社は、藤原家の氏社である。母后や中宮のほとんどが藤原家の娘だということもあり、代々の帝はこの祭を勅祭として尊重してきた。

「江内侍、例の物をここに」

御簾内からの帝の命令に、荇子はいったん台盤所に入る。そこであらかじめ帝から預かっていた衣櫃を抱えてふたたび簀子に出る。蓋付きなので中を見ることはできない。衣にしては少々重いので、石帯や扇のような道具が入っているのかもしれない。

御簾を除けて中に入ると、左大臣が不思議そうに荇子を見た。

公卿達の疑問は知っている。彼等からすると扱いにくいことこの上ない今上が、特別際立ったところもないこの女房を、やたら目をかけていることが不思議でならないようだった。

（こっちだって不本意ですよ！）

反発を抑えながら、荇子は帝と左大臣の間に衣櫃を置いた。

「なんでございましょう、これは？」

「前の陸奥守が気の毒でな。これも下賜してやろうと思うのだが、真贋をそなたの目で判断して欲しい」

左大臣は不審な顔をする。帝がここまで前の陸奥守に同情的なこともだが、贈答品の可否を依頼するのも意味が分からない。任命の口利き等を理由に、公卿と国司の関係が緊密になることは珍しくもないが、左大臣と前の陸奥守はそうではなかったはずだ。

荇子は帝を見た。この場から下がるべきかと思ったが、指示が下される気配はない。気を利かせて自分から下がるべきかと考えていると、帝が「蓋を外せ」と命じた。左大臣に対する物言いではなかったので、自分への指示と判断して荇子は蓋を取った。

中には灰色の布が入っていた。

いや、一見そのようだが布ではなかった。それは、革だった。

加工前のものを目にすることはほぼないが、皮革自体は石帯や靴には牛革を、蹴鞠は鹿の革を用いるので珍しいものではない。

しかし、こんな色の革は見たことがなかった。

左大臣は首を傾げた。

「これは？」

「海豹の革だ」

帝が口にしたその動物を、荇子は名前だけは知っていたが見たことはない。遠く蝦夷あたりの海に生息する生き物で、その革が水に強いので馬具や武具として優秀だと聞いたことがある。寒冷の地では衣服としても使用するという。いずれにしろ都にいる限り、滅多に目にする代物ではない。絁とは比べ物にならないほどの高級品であろう。

「……それは、たいそう珍しいものでございますな」

よほど驚いたのか、左大臣の声は少し上擦っていた。

「いかが思うか？」

帝の物言いになにかを感じ取ったのか、左大臣の表情が強張る。帝は彼らしい、先手を打つ棋士(きし)のような表情でほくそえんだ。

「これが本物の海豹の革かどうか、見慣れているそなたであれば真贋を見極められよう」

見慣れているという言葉から、少なくはない量の所有が推察できる。

海豹の革は、陸奥国からの代表的な貢納品だ。蝦夷との交流品だから、どうしたってかの地を経由するしかない。その品を都にいながら潤沢に所持しているというのなら、陸奥との個人的な関係があったとしか考えられない。

「不思議な縁もあるもので、先日陸奥から戻ってきた使者が、布施屋(ふせや)（宿泊施設）でそなたの邸に向かうという人夫と知りあったそうだ」

荇子は息を呑(の)んだ。

（そういうわけか……）

陸奥から戻ってきた使者というのは、禎生(さだおき)で間違いない。

前の陸奥守は、目代が不正に手に入れた品はほとんど受け取っていなかった。だから征礼は、殺された目代がすべて自身の懐(ふところ)に入れていたのだろうと断言していた。

だが、そうではなかった。不正品の一部は左大臣に流れていたのだ。

つまり主である前の陸奥守が知らぬところで、目代は左大臣と結びついていたのである。

どういう経緯で縁を結んだものかは分からぬが、取り入るのなら一国守(くにのかみ)よりも公卿のほうが絶対にいい。

「いまにして思えば——」

帝は切りだした。

「訴状を受けた段階で、あちらに調査の者を遣わしていてよかった。でなければ帰京を前に目代が、すべての証拠を隠滅していた可能性もあるからな。そうなれば後任の新陸奥守が優秀でも不正は暴けなかっただろう。それに証拠を残したまま向かわせては、途中で口封じに殺められる危険もあったからな」

「——さようなことはっ」

「語るに落ちたな」

帝の指摘に、左大臣ははっきりと青ざめた。

なるほど。目代の帰京がやたら遅くなったのは、現地で証拠隠滅を図っていたからだったのだ。だから左大臣は目代が戻ってくるまで、つまり証拠隠滅が終わるまではと有任の赴任に反対しつづけた。そして帝も万が一の危険を考えて、内大臣の意向に添うふりをして有任の赴任を保留した。

目代の死亡報告を受けた左大臣が、これまでの態度を一変させて有任の赴任を承知した理由は、彼の殺害が国境付近だったと聞いたからだろう。国を出る直前であれば証拠隠滅の作業は終わっていただろうから。

しかし禎生の手で調査はすでに終わっていた。彼はよほどうまく調べたにちがいない。左大臣はもちろん目代にも気づかれなかったのだから。功績を考えれば、太守の姫宮との不祥事くらいは帳消しにしてもらえそうだ。

有任を害する可能性を指摘され、さすがにそこまでするつもりはなかった左大臣は思わず声を大きくしてしまった。まさしく語るに落ちる、である。

思いがけぬ展開に、左大臣はがっくりと項垂れている。娘の立后の話かと浮かれてやって来てみれば、こんな追及をされたのだ。とっさには言い訳の言葉も思い浮かぶまい。

「心配せずとも、いずれは誰かを立てる」

まるで慰めるように帝は言った。

確かに、このままずっと中宮不在というわけにはいかないだろう。さりとてここで弘徽殿女御を立てるのは性急すぎる。もしも麗景殿女御、ないしは今後入内してくる別の妃の誰かに皇子が産まれでもしたらややこしいことになる。

帝には、誰を中宮にしたいという願望はない。けれど宮中の混乱は避けたいし、特定の誰かに権勢が集中することも避けたい。

「しかしあまり先んじて物を決めては、前の中宮のような哀れなことにもなりかねぬ」

左大臣ははっとして顔をあげる。

まじまじと自分を見つめる臣下に、帝はゆっくりと告げた。

「そなたも娘が愛しいのなら、焦らずに鷹揚に構えておれ」

憔悴した左大臣が帰ったあと、荇子も許可を受けて朝餉間を出た。

清涼殿から局まではまずまず離れているから、戻るまでになんとか怒りを鎮めようと自分に言い聞かせたが、うまくはいかない。

（てか、やっぱり企んでいたんじゃない！）

前の陸奥守への恩情を疑った荇子に、帝は「人聞きが悪い」と反論した。だから荇子は疑念を残しつつも、申し訳なかったと反省したのだ。

しかし真相があきらかになってみれば、あんのじょうだった。

目代から左大臣に袖の下が贈られていることを知った帝は、その調査を行うよう征礼に命じた。その彼の差配で禎生が陸奥国にむかった。征礼の人選は確かだった。禎生は目代から左大臣への不正品の流れを摑んだ。

国司や受領による公卿への贈答はよくある話で、それ自体はけして違法ではない。しかし本来の主人・前の陸奥守は、自身の与り知らぬところで行われた部下の悪行によって罷免され、当の目代は恨みを買って殺害された。

目代は自分で蒔いた種だし、前の陸奥守は部下に対して無責任過ぎた。

さりとてこの件が明るみに出れば、人々は間違いなく左大臣に白い目をむけるだろう。うまい汁だけを吸って、下の者にだけ咎めを受けさせるとは。とても一の上とは思えぬ狡猾さであると――。

弘徽殿女御が息子を産んで、その子が東宮となっていたら、そんな批難は馬耳東風に処せただろうが、残念ながらいまのところその兆しはない。

帝は弱みを握ることで、娘の立后を強引に推し進めようとする左大臣を退けた。

前の陸奥守に対する恩情は、確かに同情はあったのだろうが、それ以上に左大臣に対する挑発があったにちがいない。それなのに〝人聞きの悪い〟などと批難された。

「腹立たしいっ！」

だんっと音をたてて地団駄を踏んだのは、簀子に上がったときだった。

少し先で、人影がびくりと揺れた。とつぜんのことに驚いたのだろうが、苻子のほうもそれまで人がいることに気づかなかったので驚いた。

苻子の局の前に立っていたのは、征礼だった。

まあ彼ぐらいしか、こんな時間に訪ねてくる異性は思いつかない。紙燭を手に、あっけに取られたようにこちらを見ている。しかし、こちらとて自分からとやかく話しかけてやるつもりはない。

　荇子がむすっとしているからか、ようやく征礼が話しかけた。

「……帰ってきたのか」

「どうして目代が一人ですべてを着服していたなんて嘘をついたの？」

「嘘じゃない。実際にやつは利ざやをすべて懐に収め、自分の意志で左大臣に袖の下を渡していたんだ」

「そうかもしれないけど、あの言い方じゃ薺女が可哀想でしょう」

「教えたところで、どうなる。左大臣相手に女孺一人がなにをできる。目代の悪徳に変わりはない。だいたい国司や受領が相手というのならともかく、前の陸奥守に仕えていた目代に左大臣が自分から袖の下を要求するわけがない。便宜を図ってもらうために、目代のほうから左大臣に近づいたのだ」

　腹立たし気に言い捨てたあと、征礼は一度口をつぐむ。すでに亡くなった者、しかもあれほど惨く殺された者をさらに批難することには気がとがめたらしい。

「それも薺女との結婚のため、将来を意識してのものだったらしいけど」

言い訳のように伝えられた真実に、自然と荇子の表情も曇る。

優しい人だった、という薺女の言い分は本当だったのだろう。目代は薺女との未来を考えて左大臣に近づいた。身分差を考えればどういう経緯があったのかは不明だが、確かに左大臣と近づきになれれば、国司の家人でいるよりは将来が開けてくる。

婚約者との幸せを夢見たその行為により、陸奥の者達がどれほど苦しめられたのは想像に難くない。よほどの怨念（おんねん）がなければ、あんな残虐（ざんぎゃく）な殺し方にはならないからだ。

このことを知ったのなら薺女は、目代の悪行の一因が左大臣にあると思うのか、自分にあると思うのか、はたしてどちらなのだろう。そうやって考えると〝教えたところで、どうなる〟という征礼の言い分は間違っていないのかとも思う。

それでも納得できないところもあり、荇子は悔（くや）し気に唇を結んで黙り込んだ。

その様子をじっと見つめたあと、征礼は小さく息を吐いた。

「お前が衝撃を受けているだろうから、様子を見てくるように言われたよ」

「誰に？」

「主上に決まっている」

意外な名前に荇子は驚く。決まっているわけはなかろう。考えてもみなかった。

少しして、じわじわと怒りがこみあげてきた。

荇子の問いにしらばくれておきながら、わざわざ指名して緊迫する現場に同席させ、またもや秘密を共有させた。それなのに心配して征礼に様子を見に来させる。

「——意味の分からない御方ね」

「俺も、分からないときがある」

素直に征礼が肯定したので、荇子は拍子抜けして彼を見た。長年帝に仕えている征礼であれば、帝の真意を事細かく語れるものと思っていた。

しかし他人の心内を完璧に慮れるほどに、人は鋭敏ではない。そもそもそんなことができるのなら、文字どころか言葉さえも必要がない。

知ると信じるはちがう。結局のところ人と人とのつながりは、相手が誠実かどうかではなく、自分がその人を信じられるか否かなのだろう。

「でも、放っておけない」

征礼が言った。

悔しいが、その気持ちは荇子も分かった。

さすがに有徳の君主だとは思わないが、おそらく帝が自分で思っているよりも、彼は有情の人だ。繊細な銀細工のような外観からは想像もつかない鋼のような強かさにも、個人的には惹かれている。

さりとてこの場で〝分かるわ〟と応じるのも、なんとなく癪にさわる。荇子が返事をしないでいると、おもむろに征礼が言った。

「お前、俺と一緒に帝を支えてくれないか」

荇子は目をぱちくりさせた。なにをいまさら。そんなことは言われるまでもなく、内侍の役目は帝を支えることである。弁内侍も加賀内侍も、典侍という上役である如子だって役割は同じだ。

けれど征礼は一緒にと言った。もしかしたら、真意はそこにあるのかもしれない。

荇子はまじまじと征礼の顔を見つめた。紙燭の明かりに照らされた表情は、少し強張っているようにも感じた。

荇子は尋ねた。

「緊張しているの？」

「……え!?」

言葉を聞いただけでは突飛としか思えぬ問いに、征礼はさらに表情を硬くした。

やはりそうなのかなと、いまひとつ確信が持てぬままぼんやりと荇子は思った。ひょっとして荇子が言われたのと同じことを、征礼も帝から言われたのではないか。

人にはなにが起きるか分からない。

荇子の胸にあった頑なものに対し、これまで征礼はしかたがないと穏やかに見守っているだけだった。けれどいまはじめて征礼は荇子の心の内に入り込み、それを崩すべく拳でこつこつと叩いているのではないのだろうか？

少女の頃に培われた思い込みは恐ろしいほどに頑なで、理屈ではおかしいと分かっていてもなかなか容易に拭い去ることができない。けれど最近では、様々な出来事や人に遭遇したことで、少しずつ崩れつつはあった。

「一緒に？」

確認するように問うと、征礼はしっかりとうなずいた。

ならば、できるのではないだろうか。少し時間はかかるかもしれないけれど。

胸にあるものがまた少し崩れゆくのを感じて、荇子は微笑みを浮かべてうなずきを返した。

※この作品はフィクションです。実在の人物・団体・事件などにはいっさい関係ありません。

集英社オレンジ文庫をお買い上げいただき、ありがとうございます。
ご意見・ご感想をお待ちしております。

● あて先
〒101-8050　東京都千代田区一ツ橋2-5-10
集英社オレンジ文庫編集部 気付
小田菜摘先生

掌侍（ないしのじょう）・大江荇子（こうこ）の宮中事件簿 弐

集英社
オレンジ文庫

2022年 7 月25日　第1刷発行
2022年12月 6 日　第2刷発行

著　者　小田菜摘
発行者　今井孝昭
発行所　株式会社集英社
〒101-8050東京都千代田区一ツ橋2-5-10
電話【編集部】03-3230-6352
【読者係】03-3230-6080
【販売部】03-3230-6393（書店専用）
印刷所　株式会社美松堂／中央精版印刷株式会社

ISBN 978-4-08-680457-8 C0193

集英社オレンジ文庫

小田菜摘
平安あや解き草紙
シリーズ

①～その姫、
後宮にて天職を知る～

婚期を逃した左大臣家の伊子(かのこ)に入内の話が。帝との親子ほどの年齢差を理由に断るが…。

②～その後宮、
百花繚乱にて～

後宮を束ねる尚侍(ないしのかみ)となり、帝と元恋人の間で揺らぐ伊子。だが妃候補の入内で騒動に!?

③～その恋、
人騒がせなことこの上なし～

宮中で盗難事件が起きた。容疑者は美しい新人女官と性悪な不美人お局に絞られて…？

④～その女人達、
ひとかたならず～

昨今の人手不足を感じる伊子。五節の舞の舞姫がそのまま後宮勤めするのを期待するが…。

⑤～その姫、
後宮にて宿敵を得る～

元恋人・嵩那(たかふゆ)との関係が父に知られた。同じ頃、宮中では皇統への不満が爆発する…!?

⑥～その女人達、
故あり～

これからも、長きにわたって主上にお仕えしたい。恋か、忠義か。伊子の答えとは？

⑦～この惑い、
散る桜花のごとく～

嵩那の東宮擁立が本人不在のまま内定した。これは結婚が白紙に戻る決定でもあった…。

⑧～その女人、
匂やかなること白梅の如し～

麗景殿女御の体調不良に立坊式の準備と息つく暇もない中、帝が流行病に倒れる事態が!!

好評発売中

集英社オレンジ文庫

小田菜摘

君が香り、君が聴こえる

視力を失って二年、角膜移植を待つ蒼。
いずれ見えるようになると思うと
何もやる気になれず、高校もやめてしまう。
そんな彼に声をかけてきた女子大生・
友希は、ある事情を抱えていて…?
せつなく香る、ピュア・ラブストーリー。

好評発売中

【電子書籍版も配信中　詳しくはこちら→http://ebooks.shueisha.co.jp/orange/】